MAÎTRESSE DE CÉRÉMONIES

FRANÇOISE DUMAS
avec la collaboration de Valentin Grimaud

MAÎTRESSE DE CÉRÉMONIES

Cinquante ans d'art de vivre à la française

BERNARD GRASSET
PARIS

Couverture : © Gettyimages.

ISBN 978-2-246-82542-5

1

Maîtresse de maison par procuration

Le Noël de mes sept ans, j'ai reçu deux cadeaux auxquels je suis restée longtemps attachée. Combien d'heures ai-je passées à jouer avec cette maison de poupées assortie d'une dînette, où j'ai organisé mes premières réceptions miniatures ? Combien d'invitations ai-je fait partir de ma petite poste remplie de timbres et d'enveloppes à tamponner ? J'hésitais longuement : allais-je convier mes amies, mes tantes, ou mes cousines ? Je me demande parfois si ces deux présents symboliques n'étaient pas des signes annonciateurs de la vie que j'allais mener. Quelques années plus tard, j'ai commencé à me passionner pour les noms que je voyais défiler dans les journaux. Qui étaient ces personnes dont on faisait tant de cas ? Lorsque mon père en avait fini avec sa lecture de *France-Soir*, je récupérais le quotidien pour me régaler des « Potins de la commère » de Carmen Tessier, en deuxième page, qui relataient la vie mondaine des vedettes de l'époque. Je désirais plus que tout connaître ces gens, comprendre qui ils étaient, mais aussi faire leur connaissance.

Je suis née le 2 mars 1939, dans le XVIIe arrondissement de Paris. Nous habitions une petite maison cité de Pusy, qui est aujourd'hui mon bureau, près de la place du Général-Catroux. Cette place est communément appelée la place des Trois Dumas, à cause des statues du général, du père et du fils qui s'y font face (celle du général, né d'un père normand et d'une mère africaine, a été déboulonnée pendant l'Occupation allemande, il est prévu qu'elle retrouve bientôt sa place). Mon père s'appelait Alexandre. Oui, mon grand-père Marius avait osé ! J'ai longtemps pensé, dans mes fantaisies de petite fille, que mon père était l'un des trois Dumas. N'est-ce pas à Meung-sur-Loire que d'Artagnan commet son premier éclat, au début du roman *Les Trois Mousquetaires* – une de mes lectures fétiches –, lorsqu'il provoque en duel celui qui se moque de son mulet gascon, mystérieux homme qui se révélera être le comte de Rochefort en personne ? C'est dans cette même ville du Loiret que j'ai passé mes premières années, pendant la Seconde Guerre mondiale. Si, à mes yeux, mon père était un mousquetaire, ma mère, née Jeanne Viotti, issue d'une famille du nord de l'Italie, représentait Jeanne d'Arc : après avoir traversé la Loire près du vieux pont (où on trouve aujourd'hui des écuries à son nom), elle se serait, selon la légende, recueillie à la collégiale

Saint-Liphard de Meung. J'associais les vitraux illustrant sa venue aux couleurs du film de Victor Fleming dans lequel triomphe Ingrid Bergman.

Mes premiers souvenirs me ramènent aux années que j'ai passées dans le Val de Loire chez mes grands-mères : l'une habitait Meung-sur-Loire, l'autre les abords de Beaugency. Cinq kilomètres les séparaient, que je traversais à bicyclette avec mes petites jambes. Nous passions beaucoup de temps à la campagne : j'étais une petite fille intrépide, passionnée de fleurs comme toutes les femmes de ma famille. Nous profitions de la tranquillité de la Loire, des arches de ses ponts, de ses châteaux, loin des troubles de la guerre. Mes grands-pères étaient trop âgés pour être mobilisés, et mon père nous avait rejoints à l'armistice du 22 juin 1940. Si la guerre était présente à nos esprits, nous n'en avons pas vraiment souffert. Notre quotidien était pour le moins paisible : chaque dimanche, nous sortions la belle vaisselle, la faïence, les nappes blanches brodées. J'adorais dresser la table, disposer les couverts. J'aimais aussi beaucoup la messe, non par sentiment religieux prononcé, mais parce que c'était toujours à mes yeux une petite fête. Habillées en blanc, paniers noués autour du cou par des rubans, mes petites camarades et moi jetions des pétales de roses sur la statue de la Vierge qui entrait dans l'église. Pour le mois de Marie, je préparais un autel à son effigie avec les fleurs blanches du jardin de ma grand-mère. J'avais déjà le goût des cérémonies.

Nous partagions notre temps entre la Loire et la capitale : j'en garde des souvenirs croisés, parallèles. L'année 1944 a brusquement remis la guerre au cœur de nos vies. Au moment du bombardement de la gare de La Chapelle par les Alliés, en avril, nous nous sommes réfugiés dans la cave de notre maison ; j'étais pétrifiée, sans vraiment comprendre ce qu'il se passait. La Loire ne fut pas épargnée : les Alliés bombardèrent Beaugency en juin, deux avions furent abattus, et une cinquantaine de civils tués. J'avais senti les vitres trembler depuis la maison de ma grand-mère. Le soir même, nous étions allées voir les débris d'engins encore en flammes. Le temps des réjouissances n'était plus très loin. Je revois les mouvements de foule autour de la place de l'Étoile, le jour de la Libération de Paris. Nous n'habitions pas si loin, et le torrent des hommes et femmes en liesse nous avait emportés avec lui. Aujourd'hui encore, lorsque j'entends un mouvement à l'Étoile, je ne peux m'empêcher de revivre ces moments historiques. Je me souviens enfin d'une longue retraite aux flambeaux pour célébrer la fin de la guerre, le 14 juillet 1945. Tous les habitants défilaient dans les rues de Meung-sur-Loire avec de petits lampions, et la fanfare chantait notre joie à tous.

Une fois réinstallée définitivement à Paris, je m'amusais à apprendre par cœur le nom des propriétaires des plus fameux hôtels particuliers du XVIIe arrondissement, de Sarah Bernhardt à Charles Gounod, dont je me racontais l'histoire. Je jouais beaucoup au parc Monceau, autour de la colonnade qui borde la naumachie. J'aimais le musée Nissim de Camondo, aujourd'hui rattaché aux Arts Décoratifs, où j'organise encore régulièrement des dîners. Durant mes trois années à l'école Louise de Bettignies, entre le boulevard Malesherbes et la rue Daubigny, j'ai appris à faire la révérence, entre autres figures de courtoisie sophistiquées. Je prenais des cours de piano auprès d'une enseignante napolitaine, et de danse classique dans l'atelier réputé d'Odette Courtiade, rue Ampère. Dès mes premières visites à l'Opéra de Paris, alors sous la direction de Serge Lifar, j'ai été émerveillée par la grâce et la rigueur des lignes de ballets. Les ailes des cygnes et les décors de *Giselle* m'enchantaient. Plus tard, à l'adolescence, je me passionnais pour les héros cornéliens et pour Gérard Philipe, que j'ai vu plusieurs fois jouer *Le Cid* et *Lorenzaccio* pendant les années TNP de Jean Vilar. Je lisais les aventures de Julien Sorel et Fabrice del Dongo : comme eux, j'aimais voir les choses en grand, et j'avais de l'ambition.

Au début de l'été 1948, tout le monde ne parlait plus que de la Kermesse aux Étoiles. *France-Soir*,

Paris-Presse, *Le Figaro* dédiaient leur une à cette manifestation unique, dont le nom me faisait rêver. Je pressai mes parents de m'emmener au jardin des Tuileries pour voir les célébrités de l'époque, distribuées derrière des stands où tout un chacun, quelle que soit sa classe sociale, pouvait venir les rencontrer. Les 19 et 20 juin, une vague d'artistes avait déferlé dans les jardins : Jean Cocteau, Jules Romains, Jean Marais, Bernard Blier… Dès la deuxième année – il y eut huit éditions –, le casting s'est agrandi d'une manière spectaculaire, avec des peintres, des couturiers, des sportifs, des avocats, des réalisateurs, et même des stars internationales. J'aurais tant aimé m'y rendre ; à la place, j'ai vécu chaque édition par procuration, à travers les articles des journaux.

Le téléviseur a fait son apparition dans notre foyer le 2 juin 1953. On ne pouvait rêver meilleur moment : le sacre de la reine d'Angleterre, Élisabeth II, avait lieu le jour même. J'avais les yeux rivés sur l'écran : le faste du défilé, la robe blanche brodée, très cintrée, la couronne de diamants, la longue traîne… La signature du serment, puis le moment où l'image a disparu le temps de l'onction, que nous laissaient deviner les commentaires des présentateurs (c'était la première cérémonie anglaise diffusée en direct sur les télévisions du monde). Il y avait même des changements de costumes ! C'était pour moi comme un spectacle. Le mois suivant, j'ai voyagé en Angleterre, à Ramsgate, pour un séjour linguistique. J'en suis revenue avec un carrosse miniature, souvenir de l'intronisation. Jamais je n'aurais pensé avoir un jour l'honneur de faire la révérence à la reine, au palais de l'Élysée.

Au lycée La Fontaine, dans le XVIe arrondissement, je commençais à fréquenter des gens tout autres : Florence Delay, aujourd'hui académicienne (une autre de mes Jeanne d'Arc, qu'elle a interprétée dans un film de Robert Bresson, en 1962), Dominique Meyer, ma grande amie, devenue biologiste et membre de l'Académie des sciences, et Marie Laforêt. Celle qui s'appelait alors Maïtena Douménach était plus qu'une amie : cette jeune fille très à part, brillante en français, adorait déjà chanter, et ne se déplaçait jamais sans sa guitare. Je n'avais de cesse d'observer ses yeux immenses. Issue d'une famille qui ne m'avait pas habituée aux différences sociales, j'ai pris brusquement conscience du fait que mes amies appartenaient à des milieux dont je ne soupçonnais pas l'existence : familles d'industriels, d'artistes, professions libérales… Mon univers en a été chamboulé. Ce que je ressentais n'était pas de la frustration – je n'aurais pu vivre une enfance plus heureuse –, mais pour moi qui ne connaissais rien ni personne de ces milieux, je prenais goût à leur société, aux rencontres, et j'exerçais ma curiosité et mon sourire naturels.

Après l'obtention du baccalauréat, j'ai connu une période de flottement, ne sachant pas exactement ce que je désirais faire de ma vie. Je me suis inscrite à l'École technique du bâtiment, avec pour objectif de travailler dans un cabinet d'architectes. J'étais en vérité tombée amoureuse d'un architecte allemand, Manfred Schiedhelm, qui m'a fait entrer dans le milieu culturel bouillonnant des disciples du Corbusier. Au terme de ma formation, j'ai commencé à travailler en tant qu'assistante de la rédactrice en chef de la revue *L'Architecture d'aujourd'hui*, sous la direction de son fondateur, le sculpteur André Bloc, qui a été mon patron pendant deux ans. Je prenais part à la conception des maquettes et à la mise en pages des feuillets de la revue, ce qui m'a donné un sens aigu du travail graphique et visuel. J'étais encore jeune et je ne me rendais pas compte de la chance que j'avais d'être présentée à des architectes de renom comme Le Corbusier, Mies van der Rohe, Georges Candilis, Jean Prouvé ou encore Charlotte Perriand. Ce n'est que par la suite que j'ai regretté de n'avoir pas pu discuter plus longuement avec eux.

En 1963, mon fiancé et son groupe ont été appelés en Allemagne pour reconstruire l'Université libre de Berlin. Je les suivis pleine d'enthousiasme. Quelle ne fut ma déception une fois arrivée dans cette ville grise, remplie de vieilles dames veuves : pas une seule jeune fille à l'horizon, seulement des manteaux vert-de-gris, comme des manteaux de chasse. Alors que le mur partageait déjà la ville en deux, beaucoup d'immeubles, incrustés de trous de balles, n'avaient pas été reconstruits. Si la vie intellectuelle foisonnait, je m'ennuyais à mourir, ne parlant pas très bien l'allemand en dépit des cours que je prenais au Goethe-Institut, et je peinais à trouver la moindre perspective professionnelle intéressante. Nous habitions une installation pour le moins spartiate, dans la Berchtesgadener Strasse, du nom du village qui avait servi de repaire à Hitler (peut-on faire plus lugubre ?). Je me sentais comme prisonnière d'une île sinistre, de laquelle on ne pouvait sortir : je connaissais par cœur les horaires des avions qui atterrissaient à Tempelhof, en plein milieu de la ville, et je m'imaginais repartir à bord de l'un d'eux. Je suis passée plusieurs fois à l'Est, via le Checkpoint Charlie. Le contrôle d'identité me paraissait toujours très angoissant, mais j'étais surprise de voir que les officiers reconnaissaient mon nom : on m'a plusieurs fois parlé d'Alexandre Dumas ! Que j'aurais aimé que les Trois Mousquetaires viennent me tirer de là. De l'autre côté du mur, tout était gris et silencieux. La fameuse allée Unter den Linden était presque déserte, avec la porte de Brandebourg tout au bout, puis l'île des Musées, où j'ai pu admirer le buste de Néfertiti. Les gens étaient encore plus mal habillés, et je ne pouvais me défaire de l'impression que cette ville sentait le vieux savon. Le jour de l'assassinat du président Kennedy, l'émotion avait été palpable dans le Berlin-Ouest qu'il avait charmé avec son fameux « *Ich bin ein Berliner* ». Les habitants avaient tous allumé des petites bougies à leurs fenêtres.

Coincée loin de ma ville, je dévorais les chroniques du *Paris-Presse*, signées d'Edgar Schneider, l'un des premiers journalistes mondains qui, tout en gardant une qualité de style presque littéraire, participait à la transformation des artistes en célébrités. Ses articles m'ont formée à distance : j'essayais de comprendre comment les soirées publiques étaient organisées, puis comment elles étaient représentées dans la presse. Le cinéma français entrait alors dans sa révolution glamour. J'étais impressionnée par les premiers grands lancements de films américains, par les stars qui défilaient sur les tapis rouges, par les splendides réceptions qui s'ensuivaient, toutes organisées par Georges Cravenne. *Cléopâtre* de Joseph Mankiewicz avait été projeté en avant-première au cinéma Rex en 1963. Elizabeth Taylor était présente, et comme tout le public trié sur le volet, elle s'était déplacée en métro, ce qui n'avait pas manqué de faire parler les Parisiens. Pour *Le Jour le plus long* de Darryl Zanuk, Édith Piaf avait chanté en haut de la tour Eiffel, avant un dîner dans les foyers du palais de Chaillot. C'étaient les premières mondiales qui avaient lieu à Paris, et je les manquais toutes !

À l'image des jeunes filles de ma génération, je pensais que le sens de la vie d'une femme était de prendre le nom d'un homme, mais j'ai très vite compris à Berlin que je n'étais pas faite pour être une *Hausfrau* expatriée. Je ne voulais dépendre de personne. Ce que je désirais, c'était être reconnue pour mon travail, et vivre par moi-même. Je voulais absolument intégrer le monde des fêtes parisiennes, non comme participante, mais comme organisatrice. Aussi, un jour, j'ai pris le peu d'affaires que j'avais avec moi, mon chat, et j'ai quitté seule cette ville austère à bord de l'un de ces avions que j'avais si longtemps regardés s'échapper dans les airs.

C'est grâce à mon amie de lycée Arlette Gordon si je suis revenue en France. Elle m'avait recommandée auprès du Groupe de Paris, fondé en 1958 par Alain Duchemin. Sa création répondait à une demande croissante, celle de fêtes et d'organisations publiques requérant une production professionnelle. Le cabinet regroupait tous les métiers nécessaires à l'élaboration d'événements grandioses et il passait en France pour le premier fleuron du genre. Duchemin est né en 1912, la même année que ma mère. Il s'est formé à l'École des arts décoratifs, où il a noué des liens forts avec les gens de l'art et du spectacle. Après avoir fait ses armes dans l'édition et le graphisme, il s'est lancé dans l'organisation de grandes manifestations. C'était un homme truculent, très affable. Avec son air de bonhomie, il aimait jouer, charmer, mais quand il le fallait, il savait utiliser ses petits yeux vifs pour montrer sa détermination. Il était fasciné par les effets du théâtre, les éclairages, les costumes, les décors (il a beaucoup fait travailler Georges Wakhévitch). Il composait toujours les programmes des soirées qu'il organisait comme des œuvres d'art en soi, avec la complicité de grands dessinateurs et écrivains, tels Jean Cocteau ou Joseph Kessel. Alain aimait dire qu'il avait le « sens de l'événement » : pour lui, il était nécessaire d'allier beauté et théâtralité. Je ne fus pas surprise d'apprendre que la Kermesse aux Étoiles était une de ses réalisations.

Pour la première, un soir d'octobre 1966, de *Paris brûle-t-il ?*, film de René Clément retraçant la libération de Paris, des feux de Bengale avaient été tirés, avec l'accord d'André Malraux, devant les grands monuments de la capitale, de la tour Eiffel à Notre-Dame, en passant par le Sacré-Cœur. Invitée par mon amie Arlette, quelques jours avant mon entrée au bureau de Duchemin, j'ai assisté aux festivités du palais de Chaillot. Nous étions plongés dans une atmosphère d'alerte grâce à des bruitages de guerre, qui nous faisaient revivre les grandes heures de la Résistance. C'était ma première première, et pas des moindres. L'ensemble des acteurs de l'impressionnante distribution internationale était présent : Orson Welles, Leslie Caron, Kirk Douglas, Glenn Ford, Anthony Perkins, mais aussi Yves

Montand, Simone Signoret… Je ne savais où donner de la tête. Alain Delon interprétait Chaban-Delmas, et je me suis retrouvée sur une photographie des deux hommes en train de se saluer.

Je n'étais alors qu'une assistante. J'officiais en petite main et m'acquittais de tâches modestes. Très observatrice, je cherchais à comprendre comment ce métier sans nom qui m'interpellait fonctionnait réellement. Sans y participer, je suivais avec grand intérêt la préparation du Bal des Petits Lits Blancs, pris en main dès 1946 par Duchemin, sous le patronage de la baronne Seillière, née Renée de Wendel. Comme beaucoup de grandes dames de l'époque, la baronne organisait des galas de bienfaisance, dont les fonds étaient reversés à des associations. Le bal avait été créé en 1918 par le journaliste et homme de presse Léon Bailby pour soutenir les enfants atteints de la tuberculose osseuse. Il a pris dès 1921 la forme d'un gala annuel, qui est rapidement devenu l'un des rendez-vous incontournables du calendrier mondain. Au cours des années 30, Fernandel, Arletty, Mistinguett y ont participé, puis Édith Piaf et Audrey Hepburn. Le gala se déroulait généralement en deux parties, d'abord un dîner placé, d'environ mille couverts, puis un spectacle avec des numéros d'opéra, de danse, de musique. Les convives, issus des milieux de l'aristocratie, des affaires, de la politique et du divertissement, se retrouvaient chaque année dans un lieu différent, au Théâtre des Champs-Élysées, à l'opéra Garnier, à Deauville, ou encore à Monte-Carlo. En 1964, le bal s'est même exporté à Beyrouth, au palais Beiteddine construit par l'émir Bachir. L'un des derniers bals organisés par Duchemin a eu lieu à La Nouvelle-Orléans, en présence de Mme Giscard d'Estaing, dans le cadre du bicentenaire de l'Indépendance américaine.

La consécration pour le Groupe de Paris vint avec l'organisation des manifestations en lien avec les Jeux olympiques d'hiver de Grenoble de 1968. Duchemin était sur le coup depuis 1965. La concurrence avait été rude, mais sa connaissance de Jean de Beaumont, homme d'affaires et ancien sportif, président du Comité olympique, lui avait permis de devenir le directeur général de l'animation des dixièmes Jeux d'hiver. Son groupe devait tout diriger : cérémonies d'ouverture et de fermeture (qu'il avait réglées avec le metteur en scène Jacques Valentin), remises quotidiennes de médailles, festivités du village olympique, gestion des invités ainsi que des sportifs… L'intégralité de son équipe, soit 135 personnes, avait été mobilisée. Nous étions installés dans une tour de vingt étages construite pour l'occasion, à la limite du village olympique, qui comptait pas moins de 1 500 logements. Encore débutante, je me sentais un peu perdue. Je suivais le mouvement, saisie par le tourbillon intimidant des événements. Avec mes collègues hôtesses, nous étions habillées de manteaux-robes en lapin blanc, conçus par le fourreur Chombert, et étions chargées de l'accueil des invités de marque, tels Johnny Hallyday ou encore Dalida, qui venaient visiter les Nouvelles Galeries commerciales construites dans le village. Je me souviens d'avoir accueilli Claude Lelouch, devenu depuis un ami, qui réalisait le film officiel de la cérémonie avec François Reichenbach, *Treize jours en France*. Le décor minimaliste de l'arène olympique, qui pouvait accueillir 85 000 personnes sur sa structure tubulaire en fer de lance, ainsi que la mise en scène grandiose de l'ouverture du mardi 16 février avaient été intégralement pensés par notre groupe. Deux tribunes provisoires avaient été installées à l'intérieur du stade de la ville, de part et d'autre d'une construction ascendante, recouverte d'un tapis bleu, où trônait la pyramide de la flamme olympique. Il avait fait si mauvais la veille et le matin de la cérémonie que nous avions dû mettre en place un « dispositif balayage », avec moult répétitions, dans l'espoir d'atténuer les dégâts des intempéries. Après le filage d'un lancer de roses en papier parfumé (symbole de la ville de Grenoble) par six hélicoptères de l'Armée de l'air, j'ai dû balayer la tribune présidentielle du général de Gaulle, dont la venue devait déclencher le début de la cérémonie. J'ai compris ce jour-là qu'il ne fallait reculer devant rien pour assurer la perfection d'un événement. Le pire fut évité : une immense éclaircie précéda le début de l'ouverture, rythmée par les musiques triomphales de Jacques Bondon, et les drapeaux flottaient calmement autour du stade. Le moment magique où une rose se posa sur l'épaule du général, qui l'a ensuite offerte à son épouse, a été immortalisé par le film de Lelouch. À la fin des Jeux, Duchemin nous a conviés à un verre de l'adieu. Pour le récompenser, nous lui avons offert une coupe en argent gravée en ces termes : « À notre boss. Toute sa fidèle équipe. » Le tour de force qu'il avait accompli faisait bien de lui notre héros.

Je reçus l'année suivante un appel de Georges Candilis, le patron architecte de mon ex-amoureux, qui me proposait de partir travailler en Turquie. Il avait piqué ma curiosité : pourquoi pas, lui ai-je répondu, mais pour quoi faire ? Il fallait connaître un peu l'architecture – c'était dans mes cordes – et parler l'anglais afin d'intégrer l'équipe qui organisait le concours international pour l'urbanisation de la région d'Antalya. Je n'avais accepté qu'après avoir eu confirmation qu'on me trouverait une place à Paris à mon retour. Lorsque je rejoignis le ministère turc du Tourisme à Ankara, le rude hiver de février brisa mes rêves chaleureux de Méditerranée. Fort heureusement, un printemps rassérénant lui succéda. J'ai profité de ce séjour pour visiter l'ensemble de la Turquie, et notamment Istanbul, ville cosmopolite et fascinante, où j'ai fréquenté l'ancienne ambassade, la « Maison de France ». Les femmes étaient en minijupe, toutes si libres, dans l'adoration générale d'Atatürk. Quelle différence avec aujourd'hui ! J'ai été aussi chargée d'organiser des voyages de presse pour la maison d'édition Hachette, en réalisant mes premiers cartons d'invitation. L'ambassadeur de France en Turquie, Roger Vaurs, m'initia à l'art subtil des placements de table : sa méthode consistait à déplacer des bristols de couleur rose ou bleue, indiquant la nationalité et les centres d'intérêt des convives, sur des ronds de table en carton. J'ai eu par ailleurs la chance d'assister au tournage de plusieurs scènes du film *Toute une vie* de Claude Lelouch, avec Marthe Keller et André Dussollier. J'assurais la liaison entre les équipes françaises et locales. 1973 était l'année de l'inauguration du premier pont sur le Bosphore, et le 50e anniversaire de la République turque, pour lequel Lelouch avait tourné le court-métrage *Türkiye*. Que de beaux paysages j'ai vus dans ce pays ! Mes souvenirs y ont été bien plus joyeux qu'à Berlin, mais l'appel de la capitale se faisait de plus en plus pressant. À mon retour à Paris, je continuai à travailler pour l'Office de tourisme turc en attachée de presse *free lance* (c'était la condition *sine qua non* de mon départ). J'aiguisai mon sens de l'actualité auprès du journaliste Gökşin Sipahioğlu, fondateur d'une des plus grandes agences de photojournalisme, Sipa Presse, qui m'a transmis le sens des mots et des images qui captent l'attention.

C'est à ce moment que la collaboration humaine et professionnelle la plus fructueuse de ma vie a commencé. Je connaissais déjà Anne Roustang par l'intermédiaire d'un ami commun. Elle m'a tout naturellement rejointe durant cette période de *free lance*, où nous avions un petit bureau à la salle Pleyel. Nous organisions quelques opérations parallèles, comme la première de Sylvie Vartan au Palais des congrès, et notre symbiose a été telle que nous ne nous sommes plus quittées depuis. Sa fille Céline, qui avait six ans à l'époque et ne savait pas qu'elle deviendrait un jour notre associée, nous aidait même à coller les timbres sur les invitations.

J'ai rencontré la princesse Ira de Fürstenberg au cours d'un shooting photo pour un grand magazine de mode au cœur de la maison-sculpture d'André Bloc. Elle souhaitait poursuivre sa carrière dans le cinéma et m'a demandé de contacter Claude Lelouch. Fille de la sœur aînée de Gianni Agnelli, le « deuxième roi d'Italie », et d'un père aristocrate, elle n'avait rien d'une princesse traditionnelle. C'est même une femme joyeuse, accessible et très curieuse. Combien de vies a-t-elle vécues ? Elle les a traversées à cent à l'heure, avec la curiosité et la joie de vivre qui sont les siennes. Mariée à quinze ans au prince Alfonso Hohenlohe-Langenburg, son aîné de seize ans, leurs noces ont été célébrées à Venise en 1955, en présence de trois cents personnalités du gotha européen. La gondole des mariés, recouverte d'un tapis rouge, voguant de palais en palais, a été immortalisée par le *Life* américain dont ils ont fait la couverture.

Ira est la première, elle qui parlait six langues couramment, à m'avoir permis de voyager dans le monde entier. Elle a été ma porte d'entrée dans les sphères globalisées : avec elle, je suis allée à New York, à São Paulo, à Singapour, et bien évidemment en Italie, près de Venise, où sa famille avait un palais, qui comprenait même un théâtre. J'ai appris à voir de beaux buffets, de belles tables, plus conviviales et moins coincées que celles françaises. Partout où elle allait, la princesse organisait quelque chose de privé, de dix à vingt personnes : pour une personnalité à Rio, pour son anniversaire à New York… J'étais comme son assistante, ce qui m'a appris à avoir un bon contact avec les gens, à les faire parler, à m'adapter à toutes les circonstances, à tous les pays et coutumes, en ayant toujours l'air d'être à l'aise. Je continuais ainsi à me former, tout en enrichissant mon carnet d'adresses.

Au milieu des années 70, je suis entrée en tant que chargée de budget au cabinet de relations publiques de Georges Cravenne, l'autre grand nom des événements parisiens. Si Alain Duchemin s'occupait davantage de la production, Cravenne se démarquait pour sa fine connaissance des milieux d'influence. Il était l'ami intime des gens les plus puissants et les plus en vue du moment, comme les Pompidou, les Lazareff… Véritable nabab des médias français né en 1907 et décédé en 1972, Pierre Lazareff incarnait la modernité de la presse de son temps. Il avait commencé sa carrière au service d'artistes comme Mistinguett, avant de devenir directeur artistique du Moulin-Rouge, puis secrétaire général du Théâtre Pigalle. En 1931, il a pris la direction de la rédaction de *Paris-Soir*, qui est devenu grâce à lui un journal incontournable. Il en fit de même avec *France-Soir*, dont il s'est emparé à la Libération. Son ambition l'a même poussé à créer un quotidien dominical, le *Journal du dimanche*, pour compenser le jour de relâche des titres habituels. L'hebdomadaire *France Dimanche* avait suivi quelques années plus tard, tout comme plusieurs émissions de télévision. En quelques décennies, il est devenu l'homme le plus puissant des médias français. Son épouse Hélène, à l'origine du magazine *Elle*, premier hebdomadaire féminin moderne, était tout aussi ambitieuse que lui.

Dans le monde de l'après-guerre, le domaine des relations publiques était encore neuf. Développées par l'Américain Edward Bernays, originaire de Vienne et neveu de Sigmund Freud, ces stratégies de propagande commerciale ont été progressivement élargies aux structures privées, aux entreprises et à la promotion des personnalités. Sa femme Doris Fleischman eut l'idée de remplacer le mot « propagande » par « relations publiques ». La marque de cigarettes Lucky Strike les employa dans le but de conquérir le public féminin rebuté par la couleur verte du paquet. Pour que la teinte soit à la mode, Bernays a convaincu des couturiers d'élargir la palette de leurs créations vers l'émeraude, et il a organisé un Bal Vert au Waldorf Astoria de New York. Les dames de la haute société n'ont pas manqué de s'y rendre habillées en vert de pied en cap. Je me souviens avec étonnement qu'Alain et Georges parlaient encore dans les années 60 de la « propagande » d'un événement. Le terme n'avait pas encore la connotation négative qu'il a aujourd'hui. Les productions de Duchemin étaient souvent des commandes institutionnelles de l'État ; Cravenne, lui, prenait en charge l'ensemble des relations publiques, ainsi que les retombées presse. Les deux hommes, nés à deux années d'écart, s'étaient rencontrés lors de la première édition de la Kermesse aux Étoiles. Duchemin avait demandé à Lazareff de lui trouver un chargé de presse et d'information. Il lui avait envoyé Cravenne, qui est devenu un de ses proches collaborateurs. Un an après la création du Groupe de Paris, Cravenne a quitté l'équipe pour ouvrir son propre bureau. Les deux hommes ont toujours été en bons termes ; s'ils étaient parfois concurrents, ils n'étaient jamais rivaux, du fait de leurs savoir-faire complémentaires.

Les plus âgés d'entre nous se souviendront de Georges Cravenne comme de l'homme qui a inventé la cérémonie annuelle des César sur le modèle des Oscars américains (il a aussi été à l'initiative des Molières). Fasciné par le septième art, Georges a débuté en tant qu'assistant sur des tournages de films, avant de devenir journaliste en charge de la rubrique cinéma du *Paris-Soir*, où il fait la connaissance des Lazareff. Attaché de presse de Brigitte Bardot, de Jean Renoir, ou de Henri-Georges Clouzot, c'est lui qui a organisé les grands lancements de films qui m'avaient tant fait rêver lors de mon exil allemand. Georges était un homme magnétique et séduisant malgré sa calvitie. J'ai toujours été intimidée par son aura, lui qui pouvait se montrer fier et tempétueux. Il savait traiter avec la presse et user de sa position de pouvoir. Son équipe était bien plus nombreuse que ne l'est la mienne aujourd'hui. Il supervisait tous les projets, certes, mais il déléguait beaucoup ; il décrochait les budgets mais ne réglait pas les détails. Ses connections avec les médias lui permettaient d'avoir les meilleures retombées (dans les chroniques d'Edgar Schneider, ou à la une de *France-Soir*). Sans téléphone portable, tout était plus lent, mais on avait des liens plus forts grâce aux déjeuners d'affaires qui se faisaient typiquement au Maxim's ou au Fouquet's. Les fax ne sont arrivés dans nos bureaux qu'après mon départ de chez Cravenne, et j'ai reçu mon premier téléphone portable en 1994.

Tout va bien plus vite aujourd'hui, avec Internet et les réseaux sociaux, et on ne peut plus rien cacher. On est même parfois obligé de mettre en place des vestiaires de téléphone !

Auprès de Cravenne, j'approchais enfin du métier de mes rêves. Les dossiers dont j'avais la charge m'ont permis de perfectionner mes talents d'organisatrice. J'ai appris grâce à Georges qu'il faut beaucoup d'imagination pour rendre une manifestation cohérente et attractive, et qu'il faut savoir étonner, faire parler – créer le *buzz*, comme on dirait aujourd'hui. Un spectacle unique, une princesse, un politique, un artiste, un écrivain, un lieu inoubliable, un gala de charité pour attirer les plus fortunés… il fallait donner envie aux gens de venir. J'ai compris aussi très vite que notre métier exigeait de savoir rester debout. Parfois très longtemps, afin de suivre le bon déroulement de l'événement, et d'être en mesure d'intervenir en cas de besoin – impossible de tirer les ficelles d'un spectacle depuis un siège du parterre. Ne jamais se prendre pour une invitée. Rares sont les fois où j'ai été obligée de m'asseoir, ce qui n'est jamais bon signe. Si je dois jouer à la convive, c'est qu'un invité manque (comme cela avait été un jour le cas de Madonna, lors d'un dîner au Quai d'Orsay après la première en 1990 du film *Un thé au Sahara* de Bertolucci ; il m'est aussi arrivé de remplacer Françoise Giroud au restaurant Chez Laurent) et qu'il est hors de question, pour l'harmonie de la soirée, de laisser une chaise inoccupée.

J'étais la plus jeune du bureau, et les dames plus âgées se partageaient les grands dossiers du cinéma. J'étais reléguée à ce qu'on appelait alors les « fournisseurs » : les joailliers, les parfumeurs et les couturiers, considérés comme des clients mineurs. Petit à petit, je tissais sans le savoir le réseau qui me permettrait un jour de devenir l'organisatrice la plus en vue de la capitale. Ces dames me querellaient lorsque je donnais à mes clients une place trop importante à leurs yeux. « Mais enfin, Françoise, on ne met pas les fournisseurs à la corbeille ! » Et pourtant, je parais leurs organisations d'une tournure de plus en plus grandiose, comme lorsque en 1979 nous avons lancé en grande pompe le premier parfum de Valentino, à l'occasion de la première au théâtre des Champs-Élysées de *La Dame de Pique* de Roland Petit, avec Mikhaïl Baryshnikov. Ce coup d'éclat a marqué un tournant dans les relations publiques : pour la première fois, on associait une marque de luxe à un événement artistique, suivi d'un dîner. Lorsque Roland Petit s'est présenté chez Cravenne en quête d'un mécène pour son ballet, programmé au Festival d'automne de Paris, nous lui avons proposé de lier son projet à la promotion du parfum « Valentino », en dépit des critiques qui trouvaient l'association trop commerciale. C'était sans précédent : les parfums n'avaient pas alors de lancement à proprement parler. Au théâtre des Champs-Élysées, j'étais pour la première fois en toute première ligne, et je voyais les invités s'asseoir selon le plan de salle que nous avions élaboré. Dans le hall, j'ai accueilli les invités aux côtés de Valentino : Ira de Fürstenberg, directrice des parfums Valentino, Marie-Hélène et Guy de Rothschild, Pierre Cardin, Paloma Picasso et son mari Rafael Lopez-Sanchez. Après le spectacle, nous avions privatisé le restaurant Maxim's, soit près de deux cent soixante couverts. Notre lancement avait fait l'objet d'un article dans la « bible » américaine de la mode, le *Women's Wear Daily* ! Je n'arrivais pas à croire que notre organisation avait été remarquée outre-Manche. Je n'ai jamais su si Georges avait été fier de moi, mais quelques années plus tard, après l'ouverture de mon propre bureau, il nous a demandé de prendre sa fille en stage. Je m'étais dit que je ne faisais sûrement pas du si mauvais travail : peut-être voyait-il en moi son héritière ? Aux dernières années de sa vie, Georges n'avait malheureusement plus toute sa tête : quel dommage qu'il n'ait pu écrire ses mémoires avant de nous quitter en 2009. Il en savait probablement plus que nous tous, et l'audace de son talent restera longtemps inégalée. Il jouissait d'une puissance sociale que personne n'a connue après lui.

En dépit de mes premiers succès à ses côtés, j'espérais toujours secrètement organiser des fêtes plus majestueuses encore, comme celles de Carlos de Beistegui, millionnaire hispano-mexicain, qui a donné en 1951 le « Bal du Siècle » au palais Labia, situé sur le Grand Canal, avec la volonté de faire renaître l'Europe des fêtes. Paul Morand en a fait la chronique dans son ouvrage *Venises* : le palais du XVIIIe siècle, dont les murs étaient recouverts de fresques de Tiepolo racontant l'histoire de Cléopâtre, avait été aménagé et décoré sur le thème des masques et des dominos, souvenir de l'âge d'or de Venise. Le carton d'invitation, aux couleurs de l'arlequin, jouissait d'un tel prestige qu'il en circulait des contrefaçons. Le palais était éclairé de lustres en verre de Murano, recouverts de vraies fleurs. Un buffet avait été donné sur de la vaisselle d'or et de vermeil, les vins servis dans des verres en cristal. C'était l'un des premiers bals de Jacqueline de Ribes, qui avait rencontré sur place des artisans de talent pour confectionner sa tenue : en accord avec le thème, elle s'était multipliée par trois avec la princesse Cora Caetani et la comtesse Tatiana Colonna. « Les Trois Dames blanches », robe à panier et masque noir, ont été photographiées par Robert Doisneau.

Pour le Bal oriental du baron de Redé à l'hôtel Lambert en 1969, Jacqueline de Ribes s'est créé son costume de sultane en découpant puis en assemblant une robe Dior, trois autres modèles haute couture ainsi qu'une cape en zibeline. Je soupire encore d'admiration devant les aquarelles surannées d'Alexandre Serebriakoff, rehaussées de gouache, qui immortalisèrent la soirée. De petites tables avec quelques chaises étaient disposées le long des murs, afin de laisser de l'espace pour la danse. Les mets subtils étaient servis sous la forme d'un « ambigu » : choisis au buffet, ils étaient ensuite pris assis. Les photographies du bal montraient un déluge de pachas, de danseuses du ventre, de cosaques aux barbes dessinées. Il y avait même des éléphants en papier dans la cour ! Je m'amusais à reconnaître les personnalités sous les costumes : Brigitte Bardot avait l'abdomen à l'air, au milieu des perles, Dalí semblait avoir allongé sa moustache plus que de coutume, aux côtés de la sensuelle Amanda Lear. La princesse héritière Margrethe de Danemark et le prince Henrik, en tissu de brocart, étaient également présents. Que dire enfin du Bal Proust de 1971 ? Les aristocrates costumés mêlés aux stars du cinéma, les photographies d'Andy Warhol, d'Elizabeth Taylor, de Jane Birkin prises par Cecil Beaton en noir et blanc, sur fond crème. Imprimées dans ma mémoire, les images de ces bals mythiques continuaient à me faire rêver. Je voulais atteindre les sommets de magnificence du bal du *Guépard* : je ne me lassais jamais de regarder Alain Delon, Claudia Cardinale et Burt Lancaster tourbillonner en musique. J'ai eu mon moment Visconti, dans les années 80, même s'il ne s'est pas déroulé tout à fait comme prévu. Lors d'une soirée hommage au réalisateur à l'Opéra de Paris, j'ai monté les marches du grand escalier avec un Helmut Berger hystérique. Tous les grands acteurs étaient là : Romy Schneider, Claudia Cardinale et Alain Delon, que Berger détestait et qu'il cherchait à tout prix à éclipser par des imprécations, tandis que j'essayais tant bien que mal de l'acheminer jusqu'à sa loge.

À l'époque de ces bals, les relations publiques n'existaient pas encore. Dans les grandes maisons, c'étaient les maîtres et maîtresses de maison, aidés de leurs intendants, secrétaires et maîtres d'hôtel, qui organisaient tout. Quand l'occasion s'y prêtait, ils faisaient appel à un décorateur. *Le Bal du comte d'Orgel*, célèbre roman de Raymond Radiguet publié de manière posthume en 1923, se clôt sur les préparatifs d'un bal initié par le comte d'Orgel afin d'égayer sa femme Mahaut, triste de ne pouvoir assumer au grand jour l'amour qu'elle éprouve pour François de Séryeuse. Le bal n'a pas lieu, mais nous assistons à son dîner de programmation. Radiguet, qui était un ami d'Étienne de Beaumont, connu pour ses fêtes célèbres regroupant toute l'avant-garde artistique et littéraire de l'entre-deux-guerres, accorde ses personnages sur le fait qu'« un bal costumé dégénère en carnaval si on ne lui impose une directive, et qu'il fa[ut] un sujet d'ensemble ». Le jeune auteur mort à vingt ans de la fièvre typhoïde était un habitué des bals du comte de Beaumont. Ce mécène éclairé, surnommé le « comte courant », était un ami de Jean Cocteau et de Jean Hugo. Pour les Soirées de Paris de 1924, il avait été à l'initiative de spectacles regroupant les artistes les plus innovants de son époque : Pablo Picasso, Georges Braque, Erik Satie, ou Léonide Massine pour la danse. Dans les années 20, l'architecte et aquarelliste Paul Tissier organisait avec son épouse Gisèle des événements qu'ils appelaient des « fêtes d'art ». Une amie du baron de Redé, la princesse Ghislaine de Polignac, une des premières à exercer en tant que styliste, mettait parfois à contribution son esprit artistique pour aider les grandes familles à organiser leurs festivités. Ces bals n'étaient pas conçus autour d'une succession de danses, comme au XIXe siècle. Leur mise en scène découlait d'un thème propre à stimuler les artistes d'avant-garde, dont la créativité comprimée par la guerre était alors en pleine ébullition. Le dernier bal du comte de Beaumont en maître de cérémonie fut le fameux Bal des Rois et des Reines, donné en 1949 dans l'hôtel de la rue Masséran, où Christian Dior est apparu en roi des animaux, habillé d'un costume de président léonin quasi surréaliste.

Pendant ses moments de loisirs, Étienne de Beaumont réalisait des collages à partir d'images et de coupures de presse hétéroclites. Karl Lagerfeld en possédait un, qu'il a fini par m'offrir en raison de mes liens avec la famille Beaumont. Ce collage veille aujourd'hui au-dessus de ma tête de lit. L'œuvre est protégée par une vitre : des papillons naturalisés pendent devant des photographies découpées de Picasso ou de Nijinski. Des images de masques, de sportifs, de chevaux de course, de chaussons de pointes côtoient des aristocrates du tournant du siècle, en noir et blanc ou en sépia. À plusieurs endroits, des illustrations comiques d'animaux ajoutent une touche surréaliste à l'ensemble. J'aime à croire qu'il s'agit du tableau de tendances d'un de ses fameux bals. Ces organisateurs inspirés sont les pionniers de mon métier, par loisir plus que par profession.

J'ai eu le privilège de me former auprès de Jacqueline de Ribes, nièce du comte de Beaumont, qui fut ma marraine en la matière. Grande icône du style français, immortalisée par le photographe Richard Avedon, elle compte parmi les plus remarquables hôtesses du XXe siècle. Issue par son père Jean (le président du Cercle Interallié et du Comité Olympique) de la famille Beaumont, elle descend par sa mère, Paule, une lettrée qui a traduit Faulkner, Tennessee Williams et Hemingway, des banquiers Rivaud. Créative et audacieuse, Jacqueline de Ribes a toujours considéré sa vie comme une œuvre d'art, dont elle a été à la fois l'actrice et la styliste. Dans son hôtel particulier du VIIIe arrondissement, elle officie à la manière d'une *domina* romaine. C'est là que j'ai assisté pour la première fois à des dîners donnés dans la grande tradition française, tables nappées de damassé rouge, verres en cristal de Baccarat, porcelaine de Sèvres, maîtres d'hôtel en gants blancs, au service d'invités de marque assis sur des chaises dorées de style Napoléon III. Les dîners de la comtesse sont connus du Tout-Paris pour leur habile mélange de personnalités de sphères diverses : gens du monde, hommes d'affaires, mais aussi écrivains, artistes, politiques et même scientifiques.

Je l'avais déjà vue officier lors de la première du film *Tess* de Roman Polanski, en 1979, pour laquelle elle avait organisé une soirée caritative au profit de l'Alliance européenne contre le cancer, dont elle était co-présidente avec le duc d'Édimbourg et Anne-Aymone Giscard d'Estaing. C'est elle qui m'a appris l'art de placer les convives et de les recevoir dans les conditions les plus exquises. Je l'observais à la tâche ; des heures durant, nous réfléchissions installées sur le bureau carré de son petit salon, pour élaborer des plans de table tirés au cordeau. Grâce à sa mémoire prodigieuse et à sa rigueur exemplaire, elle passait tout en revue, des invitations à la décoration de table, du placement des couverts au menu. Le soir venu, elle faisait briller son monde, en s'intéressant à chacun, en mettant chaque convive à l'aise grâce au jeu bien français de la conversation. Être une bonne maîtresse de maison requiert un grand sens de l'organisation, beaucoup d'imagination, et surtout de ne jamais perdre de vue le bien-être des invités. « Convier quelqu'un, c'est se charger de son bonheur pendant tout le temps qu'il est sous notre toit », professe le gastronome Brillat-Savarin dans sa *Physiologie du goût* publiée en 1825. Je n'exerce certes jamais sous mon toit, mais là où on a bien voulu me laisser officier, voilà une devise que j'ai rapidement faite mienne. À mes yeux, la comtesse de Ribes incarnait la maîtresse de maison par excellence, qui donne à chacun le sentiment d'endosser le plus brillant des rôles.

Son amie d'enfance, Marie-Hélène de Rothschild, que j'ai appris à connaître lors de soirées caritatives à l'Opéra-Comique, n'avait rien à lui envier, même si elles étaient très différentes de tempérament. Marie-Hélène avait un style flamboyant. Après un premier divorce d'avec François de Nicolaÿ, elle s'est remariée en 1956 au baron Guy de Rothschild, avec qui elle s'est installée au 10, rue de Courcelles. Ils furent ensuite propriétaires de l'hôtel Lambert, sur l'île Saint-Louis. Ce lieu mythique, conçu par Louis Le Vau, architecte de Versailles, a accueilli au XVIIIe siècle un salon littéraire prestigieux, puis plus tard les fêtes débridées d'Arturo López et du baron de Redé, qui occupait le premier étage. C'est toutefois à Ferrières que les Rothschild ont donné leurs bals d'anthologie, dans un château conçu en 1860 par Joseph Paxton. De style éclectique, il évoque à la fois la Renaissance et le second Empire. Tout le lieu était transformé chaque fois en gigantesque salle des fêtes, avec des éclairages dignes de mises en scène de théâtre. Si Jacqueline incarnait une élégance insolente mais sobre, Marie-Hélène donnait dans le spectaculaire.

Après Mai 68, l'exhibition de la richesse a commencé en France à poser problème. Les derniers grands bals, tels le Bal Proust de 1971, celui surréaliste de 1972 donné par les Rothschild à Ferrières, ou encore le Bal des Fées, organisé à l'Hôtel Lambert pour les dix-huit ans de la nièce de Marie-Hélène, Vanessa van Zuylen, ont été vus comme la fin d'un monde. Finis, les « dîners de têtes », smoking, robe du soir, visage masqué, comme le Bal des Têtes du baron de Redé, où la comtesse de Ribes portait une couronne de plumes, de perles et de pierres précieuses. Cette époque était révolue, et Cravenne me disait souvent que les choses ne seraient plus jamais comme avant. Sous la présidence de Valéry Giscard d'Estaing, la valeur des titres nobiliaires, qui n'était déjà plus que de courtoisie, ne fut plus reconnue ni annoncée à l'Élysée. Les dernières grandes familles françaises finirent de dilapider leurs fortunes, à force de mener grand train. Les aristocrates que nous invitons aujourd'hui à nos réceptions sont soit issus de lignées étrangères, soit reconnus pour leur personnalité excentrique. Leurs noms seuls ne font plus rêver. Ce sont les hommes d'affaires, les artistes et ceux qu'on appelait les « fournisseurs » qui ont pris leur place dans le monde flamboyant du mythe. Je me trouvais, dans ce bouleversement social déterminant, à l'endroit idéal pour devenir, grâce à mon carnet d'adresses, la régisseuse la plus respectée de la capitale.

1980 est l'année où j'ai décidé de quitter le bureau de Georges Cravenne pour me lancer seule dans l'aventure, en compagnie de ma jeune acolyte Anne Roustang, avec laquelle nous avons créé notre propre agence, Françoise Dumas-Anne Roustang & associés, spécialisée dans l'organisation de réceptions. Après avoir observé les fêtes grandioses du monde du cinéma ainsi que la régie raffinée des grandes maisons parisiennes, j'étais prête à transmettre l'art de vivre à la française aux nouveaux tenants du luxe, qui sont devenus les mécènes des années 80. Si Alain Duchemin avait été le premier à exercer son « sens de l'événement » en tant que producteur de manifestations publiques, en jouant sur la théâtralité et en mettant à contribution les artistes, Georges Cravenne avait donné à ces événements le sens du glamour, une mondanité moderne qui était celle des stars de son époque. Nous nous proposions de faire la synthèse de nos deux prédécesseurs, en y ajoutant la touche de convivialité des maîtresses de maison, l'expérience du bien-être et de l'intimité, cette tradition ancestrale de la réception des invités de prestige.

Ce ne fut pas une mince affaire, et nous avons connu des temps difficiles, où mon appartement nous tenait lieu de bureau. Les clients ont été de plus en plus nombreux à venir vers nous, et notre Rolodex, rempli à la main par Anne, n'a cessé d'enfler. Tout était plus fastidieux sans ordinateur : pour une liste de cinq cents personnes, il fallait glisser un par un les ajouts, et la nuit précédant l'événement, nous repassions tout au propre. Une assistante avait un jour claqué la porte de chez moi, en laissant les placements et les dossiers à l'intérieur… Aujourd'hui, nous enregistrons tout sur ordinateur, quoique certaines pannes de bases de données nous obligent régulièrement à imprimer les listes par précaution.

Notre société s'est développée en même temps que le monde du luxe qui était alors en pleine expansion et qui nous a ouvert ses portes : la galaxie l'Oréal, le groupe de Jean-Luc Lagardère, LVMH… Au début de notre collaboration, Bernard Arnault était souvent inquiet de savoir comment les invités allaient trouver leur place. Lors du premier défilé de la maison Christian Dior conçu par Gianfranco Ferré en 1989, à l'hôtel particulier Salomon de Rothschild, dans le VIIIe arrondissement, je n'avais de cesse de le rassurer : « Ne vous inquiétez pas, c'est mon métier. » J'y ai sûrement réussi puisque cette organisation a été la première d'une très longue série. J'ai plusieurs fois tenu ces mots à Bernard Arnault : « Vous êtes à la tête du plus grand groupe de luxe au monde, c'est désormais à vous de perpétuer les traditions françaises. » J'aime à croire que nous y sommes parvenus ensemble, avec la complicité de Jean-Paul Claverie. Cet homme étonnant, médecin de formation, qui passait un mois par an à vacciner les populations en Afrique, travaillait alors au cabinet de Jack Lang. Il voulait se tourner vers le privé, c'est pourquoi je l'ai mis en contact avec Bernard Arnault, qui recherchait un collaborateur pour mener à bien ses projets de mécénat culturel. Les deux hommes se sont bien compris, et Jean-Paul Claverie est toujours l'un de ses plus proches conseillers. Jusqu'à la construction de la fondation Louis Vuitton, le groupe LVMH a été chaque année le mécène d'une grande exposition parisienne, avec à la clef un dîner d'inauguration organisé par nos soins. Poussin au Louvre, Monet au Grand Palais, Yves Klein et Dubuffet au Centre Pompidou, inauguration de la tour LVMH à New York, défilés Louis Vuitton et Dior à Pékin et à Shanghai… C'est grâce à la confiance de Bernard Arnault que nous avons pu participer à la réalisation de tous ces brillants événements.

Nos clients sont aujourd'hui très divers : nous travaillons aussi bien pour des familles, quelquefois princières, que pour de grandes sociétés, des marques de luxe, des associations caritatives ou encore des organisations culturelles. Si ma vie professionnelle m'a amenée à fréquenter des milieux que je n'avais pas connus dans mon enfance, j'ai toujours tenu à conserver la discrétion qui est la mienne. Je ne me suis jamais prise pour mes clients, j'ai travaillé par passion, pour le goût de bien faire mon métier, et non en vue d'une quelconque renommée. Avec rigueur et courtoisie, j'ai gagné l'estime de ceux que je tenais tant à connaître, et avec le temps, j'ai réussi à réaliser pour mes clients les bals mythiques que je rêvais d'organiser.

Janie Samet, chroniqueuse incontournable des milieux de la mode dans *Le Figaro*, a eu vers la fin des années 80 l'heureuse formule de « maîtresse de maison par procuration ». Voilà qui résume bien notre métier étrange, parallèle, qui ne paraît pas sérieux, mais qui demande tant de rigueur, de travail, d'investissement. Avec mes associées Anne Roustang et sa fille Céline Ehrhard, nous prenons en charge les événements que nous confient nos clients. Nous les imaginons avec eux et coordonnons tout : l'aspect maîtresse de maison de la réception, la connaissance et la gestion des invités, leur bien-être, ainsi que la partie production, en essayant de donner à nos grandes manifestations – parfois jusqu'à mille invités – la même prestance et la même qualité qu'un dîner de vingt personnes. Nous mettons tout en œuvre pour rapprocher les gens, en ayant toujours à cœur, au moment opportun, de nous effacer. À la fois régisseuse et hôtesse, soutenue par la synergie essentielle de mon équipe, je suis passée maîtresse dans l'art de recevoir.

2

L'invitation

Il est difficile d'imaginer une réception réussie sans invitation. Premier geste de sollicitation, elle est un sésame magique qui ouvre un monde de suggestions, annonçant la couleur des moments à venir. Qui les convives auront-ils l'honneur de côtoyer, quels grands mets dégusteront-ils, quels grands vins ? Quels seront les sujets de leurs passionnantes discussions ? Tant de questions que les futurs invités ne manqueront pas de se poser. Encore faut-il que l'invitation arrive à bon port, et à temps. J'en prends pour témoin cette lettre de Marcel Proust : « Madame la Duchesse, j'ai reçu de vous le 23 juin une invitation pour le 21. Si tentants que soient certains projets, ils sont parfois difficiles à réaliser dans l'avenir, mais toujours impossibles dans le passé. C'est la conclusion que j'ai tirée de l'impossibilité où je me suis trouvé de me rendre à la fête de l'avant-veille. » Mauvaise foi sardonique, ou déploration des aléas de la correspondance, les phrases de Proust mettent en lumière ce qui était dans les premières années de ma carrière un authentique casse-tête, la réception et la centralisation des réponses aux invitations. J'ai été très touchée que Jacques Guérin, collectionneur de manuscrits et d'objets ayant appartenu à l'auteur, m'offre cette lettre pour me remercier de l'avoir aidé à faire exposer les reliques proustiennes qu'il avait léguées au musée Carnavalet. Aussi solennelle et merveilleuse qu'elle puisse paraître, l'invitation est tout un art.

Dans les salons des XVIIe et XVIIIe siècles, on se présentait après avoir été convié oralement, ou au moyen d'une lettre. Comme on n'y partageait pas de déjeuner, ni de dîner, il n'était pas nécessaire de confirmer sa venue, et les horaires d'arrivée étaient des plages lâches. Le dîner est quant à lui une pièce de théâtre en plusieurs actes, à la temporalité de laquelle il convient de se soumettre. Ce n'est qu'au XIXe siècle que le faire-part et l'invitation imprimés sont devenus un élément de luxe incontournable. Les romans de Proust regorgent de ces cartons, pour des dîners en ville ou des bals ; il n'y a guère que chez les Verdurin qu'on pouvait parfois s'en passer (les habitués du clan avaient leur « couvert mis »). Pas non plus de carton pour la fête perpétuelle de Gatsby (seul le narrateur Nick en reçoit un en bonne et due forme du flamboyant maître de maison), il suffisait simplement de s'y rendre. Mais le convive est-il ainsi mis en valeur ?

Grimod de la Reynière, truculent littérateur gastronome admiré par Alexandre Dumas (qui a lui-même écrit un *Grand dictionnaire de la cuisine*), a formalisé le premier, dans son *Manuel des amphitryons* de 1808, l'importance de l'invitation. L'amphitryon, c'est-à-dire le maître ou la maîtresse de maison, du nom du personnage mythologique auquel Molière consacre une comédie (« L'Amphitryon est celui chez qui l'on dîne », devise Sosie à la fin de la pièce, afin qu'on reconnaisse enfin l'identité de ce pauvre Amphitryon dont Jupiter a volé l'apparence le temps d'une nuit d'amour avec son épouse Alcmène), doit faire parvenir une invitation écrite, envoyée au maximum trois jours avant le dîner ; il s'engage à tout mettre en œuvre pour qu'elle atteigne son destinataire. Le convive dispose de son côté de vingt-quatre heures pour répondre. S'il se trouve dans l'incapacité de s'y présenter, il devra se justifier de son absence ; s'il oublie de répondre, on y verra confirmation. Toute entorse à ces règles était répréhensible, l'amende pouvait atteindre 500 francs. La peine mondaine était bien pire, elle équivalait à la mort sociale : le retrait des listes d'invités. En contrepartie, le maître de maison n'a pas le droit de désinviter une personne ou d'annuler sa réception. Et Grimod de la Reynière de rajouter que le convive s'engage tacitement, par sa confirmation, à venir avec un appétit suffisant, et de bonnes dispositions d'esprit. L'invitation est une affaire sérieuse, et a valeur de contrat.

Les grandes maisons ont été les premières à l'utiliser. Il convient de rappeler que le carton d'invitation n'est pas un courrier traditionnel : il prend la forme d'un bristol rectangulaire, au papier cartonné, à fort grammage, et s'écrit à la troisième personne, sans date ni signature. L'option la plus élégante est de le faire graver, chez des artisans de renom établis depuis le XIXe siècle, comme le graveur Benneton, chez qui on faisait faire ses « travaux en ville » d'impression, ou la maison Agry, spécialisée dans la gravure des blasons. Le cuivre de gravure créé pour l'occasion peut être conservé et réutilisé. L'invitation la plus sophistiquée sera dorée sur tranche. Sans erreur, sobre, sa mise en pages doit être classique. En plus des armes de la maison, l'invitation-type doit comporter des formules simples, écrites en caractères bâtons ou en écriture cursive anglaise. Elle laissera des espaces à remplir à la main afin de préciser les circonstances de l'occasion : « Françoise Dumas prie... de lui faire l'honneur de venir..., le... à... » L'adresse de la maison figurera obligatoirement en bas, à gauche. Mes invitations sont imprimées sur la reproduction d'une carte postale de la rotonde de Nicolas Ledoux, au parc Monceau. On y voit des promeneurs et des attelages, le tout dans des tons sépia. C'est ma manière à moi de revendiquer mes racines.

L'invitation doit se suffire à elle-même et donner tous les renseignements nécessaires. On n'oubliera pas d'indiquer la date et l'heure de la réception, le *dress code*, ainsi que la mention « RSVP », « répondez s'il vous plaît », au cas où on attende une confirmation. Le convive suivra les instructions, et répondra par courrier, téléphone ou mail. Il est très déstabilisant de voir arriver un invité alors qu'il n'a pas répondu à l'invitation. Je me souviens du soir où le collectionneur d'art Ronald Lauder, membre d'honneur du comité du MoMA, s'est présenté au dîner d'inauguration de l'exposition « Le MoMA à Paris » à la fondation Louis Vuitton, sans que sa réponse nous soit parvenue. Sans doute à cause de son accent américain, les hôtesses d'accueil lui ont donné par erreur le carton de l'ambassadeur de Russie (oui, cela paraît absurde !). Comme à mon habitude, je me promenais au milieu des invités, lorsque j'ai aperçu cet homme que je connais bien, mais qui n'était pas sur la liste des confirmés. « *Dear Mister Lauder, it's a pleasure to see you, but I think our hostesses made a mistake.* » J'ai fait ajouter aussitôt un couvert à la table d'honneur, avant de lui rapporter le bon carton (nous avons eu beaucoup de chance que l'ambassadeur n'arrive pas entre-temps). S'il est une leçon à retenir de ce vaudeville miniature, c'est qu'il ne faut jamais prendre les non-répondus à la légère, et qu'il faut savoir garder la tête froide en toutes occasions.

Il n'y a pas si longtemps, toutes les réponses nous parvenaient sous la forme de cartes de visite, gravées pour les plus raffinées, d'une taille supérieure à celle des petites cartes de visite à l'américaine qu'on s'échange aujourd'hui en toute occasion. Le nom qui y figure peut être le début d'une réponse écrite à la troisième personne : « Paul Lafleur... vous remercie chaleureusement de l'avoir invité au dîner du..., auquel il se rendra avec grand plaisir. » Dans les circonstances les plus intimes, il ne sera pas nécessaire de confirmer sa venue, mais en cas d'impossibilité, il faudra toujours répondre, afin que l'hôte organise son dîner en conséquence. Les grandes maîtresses de maison ont l'habitude d'aviser leurs convives par téléphone, avant de leur faire parvenir un pour-mémoire. Le contact est plus chaleureux, et il n'est pas besoin de traiter les réponses écrites.

Pour que l'invité se sente convié à un moment inoubliable, il est essentiel que ses nom et prénom, et ses titres s'il en a, soient écrits à la main, du plus beau style. La pratique de la calligraphie, héritée des maisons aristocratiques et reprise par l'univers du luxe, constitue le chic absolu. Au début de ma carrière, je faisais calligraphier les invitations par ma mère, née en 1912 à Meung-sur-Loire, qui avait appris l'écriture anglaise à l'école. Il m'est aussi arrivé de solliciter des gardes républicains de l'Élysée experts en la matière. Nous employons aujourd'hui trois ou quatre calligraphes de renom. Certains sont devenus des artistes très prisés des milieux de la mode. Nous les sollicitons lorsque nous souhaitons donner au programme, ou au menu, l'aspect d'une œuvre d'art.

Il faut mettre un point d'honneur à respecter le langage du *dress code*. La tenue la plus solennelle est sans aucun doute « Habit et décorations », pour les circonstances exceptionnelles. L'habit, parfois appelé « *white tie* » (« cravate blanche »), est l'apanage des soirées royales, des dîners d'État ou des concerts viennois. Les femmes porteront une robe longue du soir et des gants. L'homme enfilera une queue-de-pie, autrement dit un frac, constituée d'une veste droite et courte, généralement noire ou grise, dont les basques longues pendent à l'arrière, ainsi qu'une chemise à col cassé et un pantalon noir. La redingote, ou « *frock coat* », n'est plus guère utilisée aujourd'hui ; il s'agit d'un habit de journée du XIXe siècle, très cintré à la taille, aux pans fermés sur le devant. En revanche, la jaquette a encore de beaux jours devant elle. Elle est le costume par excellence des mariages, traditionnellement avec chemise blanche à col cassé, gilet gris, et pantalon rayé à galon. La coupe est d'origine anglaise (nos voisins parlent de « *morning coat* », « habit de jour »), le haut de la veste est cintré, le bas est évasé, les pans arrondis sont ouverts. Les dandys français du XIXe siècle portaient la jaquette pour être à l'aise à cheval ; le soir, ils ne la quittaient pas, lançant ainsi la mode.

En Angleterre, on l'enfile toujours pour les courses hippiques, parfois même avec le haut-de-forme.

« Cravate noire » (« *black tie* ») est le terme diplomatique pour le smoking. Cette tenue sobre de soirée avait un usage différent lorsqu'elle a été créée au milieu du XIXe siècle. Le prince de Galles, futur Édouard VII, avait demandé à ce qu'on réalise une veste que les gentlemen pourraient porter en allant fumer le cigare, afin d'éviter d'en garder l'odeur lorsqu'ils rejoignaient les dames. De nos jours, le smoking (devenu « *dinner jacket* » en Grande-Bretagne, et « *tuxedo* » aux États-Unis, du nom de la ville où James Potter a rapporté le premier l'usage britannique) est l'habit privilégié des galas et des tapis rouges. Il ne se porte qu'en soirée, et ne peut être que noir ou bleu nuit (la différence avec un costume traditionnel est son revers de satin noir). La tenue des femmes n'est pas forcément précisée, et elle peut varier : « Robe longue », « Robe courte », ou « Robe du soir ». La fantaisie est valorisée, les bijoux bienvenus.

« Tenue de ville » promet un dîner intime raffiné, ou alors un déjeuner d'affaires. L'homme portera un costume sobre, de fermeture droite ou croisée ; la femme, une robe ou un tailleur habillé. La « Tenue de cocktail » autorise quant à elle plus de liberté. Une robe courte élégante pourra être accordée au costume de l'homme. La « Tenue sport » (« *casual* » pour les plus modernes) désigne l'habit le plus décontracté, pour la journée ou la campagne.

Des *dress codes* plus variés peuvent être proposés selon l'occasion, en indiquant un thème, par exemple « Années 20 ». « *Garden elegant* », fréquent pour le brunch du lendemain de noces, rappelle l'univers des garden-parties. Le *dress code* pouvait se faire bien plus fantaisiste sur les invitations aux grands bals, comme le Bal des Artistes que le vicomte et la vicomtesse de Noailles ont organisé en 1956 : « La vicomtesse de Noailles sera chez elle le mardi 14 février à 10 heures. Soirée à la gloire des artistes et des écrivains du XVe au XXe siècle. 11, place des États-Unis, XVIe. Les hommes sont priés de se costumer en artistes ou écrivains de leur nationalité. Les femmes peuvent représenter des artistes, ou leurs personnages ou modèles célèbres. Les travestis sont interdits. » L'invitation est aussi le témoin de son temps. Faudra-t-il à l'avenir faire figurer la mention « Masque obligatoire » ?

Pour les événements culturels, l'invitation est une tout autre affaire. Ces dîners ne concernent pas huit, douze, vingt-quatre personnes, mais des centaines d'invités, parfois mille ou mille cinq cents. Il convient alors de s'y prendre à l'avance. En ce qui concerne les soirées de mécénat, caritatives, « au profit de » (et parfois « en l'honneur de »), nous tenons à proposer une invitation élégante, qui donne envie d'en être, mais dont la mise en pages est plus libre, et en lien avec le thème de la soirée. Elles sont souvent illustrées, et dispensent des informations plus nombreuses. Pour le dîner suivant la visite en avant-première de l'exposition « Degas à l'Opéra » au musée d'Orsay, nous avons conçu une invitation au format carré, composée de deux feuilles repliées, cartonnées, tenues par une cordelière vert d'eau, aux couleurs de « La Classe de danse » d'Edgar Degas, dont la reproduction figure sur la première page. Les noms des membres du comité d'honneur sont inscrits sur une page liminaire, avant l'invitation à proprement parler : « Jacqueline de Ribes, présidente d'honneur, Laurence des Cars, présidente des musées d'Orsay et de l'Orangerie, Jean-Louis Milin, président des Amis du Musée, prient... de leur faire le plaisir d'assister... » La réponse à cette invitation est essentielle au système du mécénat puisqu'elle permet de réserver les tables du dîner. Est donc glissé à l'intérieur un carton réponse à renvoyer rempli, avec le chèque correspondant à la réservation demandée, d'une place, ou d'une table entière. L'absence de réponse équivaut forcément à une réponse négative. Ceux qui réservent une table nous communiquent par la suite la liste de leurs invités ainsi que leur placement. C'est nous qui distribuons ensuite les tables dans la salle. Tout le travail de précision nécessaire au traitement de ces invitations se fait aujourd'hui via des bases de données informatiques, uniques à chaque événement. Après réception du carton-réponse accompagné de son chèque, nous envoyons un pour-mémoire à chaque invité, sur lequel nous reprécisons les informations essentielles (horaire, adresse, tenue et déroulement de la soirée).

Le dispositif autour de l'invitation s'est grandement compliqué avec les années. Peut-on d'ailleurs toujours parler d'une « invitation » unique ? Nos clients et leurs invités sont des personnes très occupées, qui pour la plupart exercent des activités professionnelles, ou doivent prévoir leur voyage à l'avance pour nous rejoindre. Il convient donc de les prévenir très en amont, avec un premier *save the date*, « retenez votre date », moins sophistiqué que l'invitation qui part souvent par mail. Pour un dîner d'exception au Grand Palais, sur le thème des maharadjahs, nous avions imprimé un *save the date* au format A5, à la tranche épaisse et cuivrée, sur lequel figurait un motif décoratif gravé, inspiré d'un dessin indien. Il s'agissait d'annoncer la tenue de l'événement : « Son Altesse Cheikh Hamad bin Abdullah Al Thani prie… de lui faire le plaisir de réserver la date » ; « Invitation suit », bien évidemment. Envoyée trois mois plus tard, cette dernière précise le thème de la soirée : sur la première page d'une feuille cartonnée, pliée en deux, la porte d'entrée d'un palais indien, représentée de manière graphique et élégante, est gravée dans des tons cuivrés. Après cette première suggestion de l'univers du dîner, l'invitation s'ouvre sur des détails plus concrets : « Cravate noire, robe longue, tenue traditionnelle. » Sans oublier de préciser qu'elle ne donne pas accès à la soirée. « En retour de votre réponse, vous recevrez votre carte d'accès personnelle et nominative », c'est-à-dire le pour-mémoire, envoyé une semaine avant, sous la forme d'un carton plié, aux allures de petite carte de correspondance, comportant le déroulé détaillé de l'événement. À l'intérieur, un léger papier calque transparent se superpose à un plan du Grand Palais, où le point d'entrée est indiqué.

Le faire-part est un cas plus complexe encore d'invitation. Il est traditionnellement envoyé pour les mariages et les décès, et s'étend sur plusieurs pages. Le faire-part est né au XVIIIe siècle pour se substituer aux annonces en place publique (j'ai souvenir, lors de mes années d'enfance dans la Loire, du garde-champêtre qui annonçait les nouvelles avec son tambour). Les parents des mariés rendaient visite aux invités du futur mariage pour leur annoncer la nouvelle. S'ils étaient absents, ils laissaient un billet de part, pour « faire part » de leur invitation aux noces (même principe que les « cartes de visite », qu'on déposait cornées chez les personnes absentes à qui on aurait aimé rendre visite). Le faire-part traditionnel comprend deux feuillets doubles, le plus souvent en vélin, imprimés ou gravés. Chaque feuillet est dédié à une partie de la famille. On y lit le nom des parents, des grands-parents, ainsi que leurs médailles et décorations, imprimés sur le recto de la première page. Les invités issus de la famille de la mariée trouveront leur feuillet placé au-dessus, et vice versa pour celle du marié. L'écriture est calligraphiée, en italique ou à l'anglaise, tandis qu'un liseré argent ou doré peut entourer les pages blanc ivoire. Les fiancés préfèrent aujourd'hui des présentations plus libres et originales aux faire-part standardisés de la première moitié du XXe siècle. Si on utilise toujours le terme de « faire-part », celui-ci ressemble le plus souvent à une invitation classique, et on est moins tatillon sur les mentions de l'identité des parents de chacun des fiancés. Le carton d'invitation unique prend la forme d'une kyrielle d'invitations, correspondant aux différents temps d'un mariage où le nombre des invités varie : la cérémonie religieuse ou laïque, le vin d'honneur, le dîner, la soirée dansante, le brunch du lendemain. À chaque étape, son *dress code*, indiqué sur chacun des cartons.

La centralisation complexe et essentielle des réponses nécessite de notre part un grand effort d'organisation, parfois sous la forme d'un site internet que nous créons pour l'occasion. En quelques clics, les invités peuvent confirmer qu'ils assistent ou non aux différents moments auxquels ils sont conviés. Ils ont accès au programme précis du week-end, à une liste d'hôtels, et aux transports envisagés pour se rendre sur les lieux. Ce dispositif requiert de notre part une vérification constante des réponses des invités, car ils ont la possibilité de modifier leurs choix. Peut-être est-ce plus simple pour les mariés et leurs invités ? Mais tous ces *mailings* et autres accusés de réception numériques fluctuants ne sont-ils pas trop impersonnels ?

Je suis souvent dubitative face à ces histoires de sites internet… Est-ce vraiment aussi élégant que de recevoir une invitation papier ? Un *save the date* par mail peut à la rigueur convenir. Répondre par un clic à une invitation, est-ce faire honneur à l'occasion ? L'invitation papier est toujours chez nous préférée à la froideur d'un courriel. Le mail a ce quelque chose de banal, de professionnel, il finit d'ailleurs parfois dans les courriers indésirables. Même quand nos clients préfèrent la voie numérique, nous imprimons un vrai carton d'invitation que nous calligraphions et qu'ensuite nous scannons. Il garde ainsi son caractère solennel : c'est lui qui instille sa chaleur humaine, celle des dîners intimes où on se fait une joie d'être reçu. Le recevoir parmi les factures est un rayon de soleil, la promesse d'une parenthèse de bonheur au milieu du quotidien. C'est aussi le moyen de faire sentir au convive qu'il est un invité de marque, et qu'il doit s'attendre à vivre un moment d'exception. Est-on toujours convive si la convivialité se perd dans les chemins du numérique ?

3

Déjeuner ou dîner, intime ou charité

Le programme de nos futurs événements est en permanence affiché sur un mur de notre bureau, grâce à un ample planning couvrant une période de deux ans. Déjeuners, dîners, soirées-événements, week-ends de festivités, tout y est. Quel terrible coup d'arrêt pour notre métier que cette pandémie mondiale : du jour au lendemain, le partage d'instants précieux est devenu impossible. Le calendrier s'est vidé en un rien de temps, nos vies aussi. Je n'avais jamais eu la tête si libre, privée de ma dose d'adrénaline. Quand on dit oui à un client, plus rien n'arrête le compte à rebours. Il est étonnant que notre dernière réalisation avant mars 2020 ait été un déjeuner au musée Camondo, alors que nous sommes traditionnellement spécialisés dans les dîners. Mais un moment de convivialité est un moment de convivialité, et chaque temps de la journée, ou de la semaine, mérite de briller.

Le dîner n'a pas toujours été celui qu'on pense : il désignait autrefois notre déjeuner, et le souper notre dîner. Déjeuner signifie littéralement rompre le jeûne de la nuit. C'était donc le premier repas de la journée. Avec le temps, ce repas s'est dédoublé : le premier déjeuner, dit « à la tasse », est devenu le petit-déjeuner, et le second déjeuner, pour lequel on utilisait la fourchette afin de consommer une collation salée, a pris la forme que nous lui connaissons, un moment de mi-journée, corseté entre la matinée et l'après-midi dévolus la semaine aux activités professionnelles. Il n'y a guère qu'avec le déjeuner dominical en famille, ou, si la saison le permet, le déjeuner sur l'herbe, qu'on laisse l'instant déborder au-delà de la pause méridienne. Le général de Gaulle refusait les déjeuners de plus de quarante minutes, en faisant l'impasse sur le fromage, pour rompre avec les interminables déjeuners d'État de la IIIe République qui pouvaient durer jusqu'à 6 heures de l'après-midi. Il était un homme de sérieux, à l'image de ses réceptions, et un déjeuner bref lui semblait mieux convenir qu'un dîner de prestige pour recevoir dans les lieux du pouvoir.

On range plus facilement le déjeuner parmi les activités du *negotium*, notion latine attachée au travail et au commerce, alors que le dîner est associé à l'*otium*, ce temps de qualité dédié à l'épanouissement personnel et artistique. Le déjeuner privé est le plus souvent réservé à la famille, aux intimes. On reçoit rarement à ce moment, sauf à la campagne, et les grands mondains se réservaient pour le soir. Les maîtresses de maison de la fin du XIXe siècle proposaient des viandes ou poissons froids, et des hors-d'œuvre en grand nombre (ils étaient prohibés le soir).

Le déjeuner d'affaires est un moment stratégique dans beaucoup de milieux. En comité restreint, quatre à huit personnes, voire en tête à tête, il est en général rapide. Lorsqu'il se tient au restaurant, il ne nécessite pas de maître ou de maîtresse de maison. Plusieurs années, nous avons aidé Bethy Lagardère à organiser les déjeuners du Prix de l'Arc de Triomphe, course hippique se déroulant le premier dimanche d'octobre à l'hippodrome de Longchamp. Jean-Luc Lagardère, président de l'association France Galop, possédait lui-même une écurie de course reconnue. L'envergure de son groupe lui permettait de fréquenter des gens de tous horizons, et ces déjeuners réunissaient de grands propriétaires d'écuries, comme l'Aga Khan, les Niárchos ou les frères Wertheimer. Leur rythme enlevé était parfois haché par les sollicitations extérieures : les convives-propriétaires, aussi concurrents, devaient régulièrement s'absenter pour assister à la pesée de leurs chevaux. Cette anxiété détonnait avec le grain de folie brésilien de Bethy, qui propose toujours des couleurs tranchées, des centres de table excentriques, des associations culinaires étonnantes. Elle est d'ailleurs une excellente cuisinière, douée pour établir les menus. Le déjeuner le plus réussi fut celui de l'année 1998 – Mme Chirac et Gregory Peck étaient présents –, lorsque le cheval de Lagardère, Sagamix, a remporté la course ; la liesse du couple avait été contagieuse (ils étaient heureux de se retrouver dans une victoire commune ; après le sacre de la France contre le Brésil à la Coupe du monde de football, ils ne s'étaient plus parlé pendant quinze jours, Bethy restait malgré tout une fière Brésilienne). Travailler avec elle a toujours été rafraîchissant. « Françoise a son sac à main, Anne son talkie-walkie », répétait-elle souvent pour décrire notre duo.

La coutume a longtemps été de se rendre visite l'après-midi. Chaque maîtresse de maison avait son jour pour recevoir, d'où le terme de « réception ». Habillée d'une robe sobre, elle accueillait ses amis, assis en arc de cercle sur des sièges, si possible autour du feu, comme dans les salons. On y servait parfois un « lunch » : cette collation prise entre le déjeuner et le dîner se composait de plats froids et de boissons disposés sur un buffet.

Il nous arrive d'organiser des cocktails, à mi-chemin entre le toast et le dîner. Très prisé lors des vernissages ou pour les remises de décoration, le cocktail permet aux hôtes de se sustenter sans passer à table.

La nourriture doit pouvoir être consommée debout, rapidement : ce sont donc des amuse-bouches, de petits sandwichs ou des verrines. Toutefois, la forme du cocktail a tendance à m'ennuyer. On y papillonne trop sans jamais entrer dans une conversation soutenue et stimulante. On voit trop de gens à la fois, en coup de vent. Le vin d'honneur, donné lors des mariages entre la cérémonie et le dîner placé, a souvent une allure similaire. Nous organisons fréquemment le brunch du dimanche, le lendemain des noces, qui peut aussi prendre la forme d'un buffet. Ce déjeuner décontracté se fait le plus souvent sans placement : chacun circule à sa guise et va d'une table à l'autre. L'arrivée n'est pas contrainte dans le temps (il serait vain d'imposer une heure aux couche-tard), et les convives sont heureux de partager leurs derniers instants de célébration avant de rejoindre leurs pénates. Je suis moi-même plus détendue que la veille, et je partage la joie des invités.

Le dîner demeure le moment de plaisir mondain par excellence. Une fois écartés les tracas de la journée, les futurs convives, disposés à se laisser étonner, ouvrent une parenthèse dans leur journée. Le dîner privé a lieu dans la sphère personnelle, au soir décidé par la maîtresse de maison. Il sera intime, « en petit comité », si on invite de quatre à huit personnes. Qu'il réunisse ou non des connaissances, le dîner ne peut excéder une heure trente (recommandation de la princesse Ira de

Fürstenberg). On proposera néanmoins aux convives de rester au salon pour profiter d'un dernier verre, d'une liqueur ou d'une boisson chaude. Il revient au maestro de suggérer aux invités qu'il est temps de le quitter, en espérant qu'ils soient réceptifs – ce qui n'est pas toujours le cas.

La tradition du « dîner en ville » remonte au XIXe siècle (par ville, on entend bien sûr Paris). Après la chute de l'Ancien Régime, les aristocrates et la haute bourgeoisie commencent à se retrouver dans leurs hôtels particuliers, en toute discrétion. Ce type de dîner devient avec le temps une forme de sociabilité mondaine essentielle, et typiquement française : c'est là que se nouent les ententes et les amitiés entre personnes notables. Gabriel-Louis Pringué a été un chroniqueur spirituel et méticuleux de ces dîners, de la fin du XIXe siècle à la Première Guerre mondiale, à un moment où Paris était le centre artistique du monde. Dans ses *30 ans de dîners en ville*, la comtesse Greffulhe, la princesse de Broglie, Boni de Castellane, l'abbé Mugnier (lui aussi diariste mondain) côtoient Sarah Bernhardt ou les écrivains Pierre Loti et Léon-Paul Fargue. Ce cortège de personnes illustres forme à la Belle Époque ce qu'on appelait le « monde », mélange de l'élite aristocratique européenne, de la haute bourgeoisie et des artistes. Pringué recopie dans son journal les menus des dîners, il dresse des portraits, retranscrit les petites phrases comme Loïc Prigent s'amuse aujourd'hui à collectionner les traits d'esprit des gens de la mode. Elisabeth de Gramont, devenue duchesse de Clermont-Tonnerre par alliance, tenait un salon prisé. Elle était liée à Anatole France, à Marcel Proust et à Robert de Montesquiou, qui a servi à composer le personnage du baron de Charlus dans *La Recherche du temps perdu*. Le premier tome de ses mémoires, *Au temps des équipages*, est placé sous le signe de sa mère, Isabelle de Beauvau-Craon, qui aurait reçu chez elle, rue de Chaillot, près de 45 000 personnes. Elle travaillait avec rigueur à la constitution des listes d'invités et aux menus qu'elle établissait avec les chefs, en véritable maîtresse de maison. Mais la duchesse était ambivalente quant aux mondanités de ce « gratin », dont elle pressentait déjà la fin. Pendant la guerre, elle a tenu à aider en tant qu'infirmière ; par la suite, elle est devenue une des rares aristocrates à épouser les idées des socialistes.

Les forces invitantes sont aujourd'hui plus variées : les chefs d'entreprise, les politiques, les gens des médias ou de la mode ont des tables très courues. Le dîner en ville n'a d'autre but affiché que de passer un moment de convivialité. Mais il constitue une formule hybride, entre invitation intime dans une sphère privée et temps de mondanité intéressé. On hésite souvent : est-ce professionnel, amical ? Sous son apparence de libéralité, le dîner en ville est un moment stratégique, pour les hôtes comme pour les invités : on y expose son pouvoir, sa réussite, en proposant l'art de vivre le plus en accord avec son rang. L'invité agrandit quant à lui le réseau de ses relations. J'ai souvent entendu parler, au début de ma carrière, des déjeuners dominicaux des Lazareff, dans leur propriété de Louveciennes, « La Grille Royale » (preuve que le déjeuner peut aussi avoir de l'importance ; l'influence des hôtes se lit dans le choix de leur créneau). Tous désiraient être reçus par ce couple tout-puissant qui faisait et défaisait Paris, en mélangeant politiques, écrivains et gens de cinéma (Georges Cravenne était bien sûr un habitué). Je n'ai jamais su comment ces déjeuners étaient organisés, mais je suivais avec attention les échos de ce qu'il s'y tramait.

Claude Pompidou donnait ses dîners quai de Béthune, en invitant des personnalités diverses, issues des mondes de la politique et de l'art. Lorsque son mari Georges est devenu banquier chez les Rothschild, elle s'est illustrée par sa fine connaissance des usages, tout en conservant un intérêt marqué pour les milieux intellectuels et artistiques. Elle recevait chez elle d'une manière intime et chaleureuse, sans ostentation, avec une table de huit à dix personnes.

Jacqueline de Ribes, très Oriane de Guermantes (Visconti souhaitait qu'elle incarne la duchesse dans un de ses films), aime quant à elle à recevoir jusqu'à trente-deux personnes au cœur de son hôtel particulier de la rue de la Bienfaisance. Dans cette maison de style Empire, bâtie en 1865 et située au bas de la plaine Monceau, la comtesse donne ses dîners dans la serre du jardin d'hiver. À leur arrivée, les convives prennent un verre dans les salons avant de trouver leur place à une des quatre tables rondes de huit personnes grâce à un bristol calligraphié. Chacune de ces tables est présidée par une personnalité, autour de laquelle la maîtresse de maison place avec beaucoup de soin les convives les plus appropriés. Ses dîners ont été fréquentés par des gens très divers : les Windsor, les Rothschild, les Pompidou, les Lazareff, Elizabeth Taylor et Richard Burton, Audrey Hepburn, Charlotte Rampling, Georges Auric, Jean-Claude Brialy, Arielle Dombasle et Bernard Henri-Lévy ont tous eu le privilège d'y être reçus.

Il était prévu que Ralph Lauren reçoive sa Légion d'honneur à la fin de l'année 2018. Mais le couturier a préféré éviter d'importuner le président de la République au plus fort de la crise des Gilets jaunes. La cérémonie a donc été reportée à 2019, et nous avions décidé que le dîner aurait lieu dans le restaurant de Lauren, le Ralph's, boulevard Saint-Germain. C'était sans compter sur la ténacité de Jacqueline de Ribes, qui a insisté pour que le dîner ait lieu chez elle. Ralph et sa femme Ricky, ses enfants, Ira de Fürstenberg, Adélaïde de Clermont-Tonnerre, Jean-Gabriel et

Frédéric Mitterrand, Françoise et Philippe Labro, Patricia d'Arenberg et Jean-Paul Enthoven étaient parmi les invités. Les tables étaient dressées selon le style français : nappe en damassé rouge – signature de la comtesse –, assiettes en porcelaine de Meissen, verres de Baccarat et bouquets de roses éclairés à la bougie, comme elle les affectionne.

Les grands dîners, d'immenses machines de guerre accueillant de trois cents à mille personnes, demeurent nos réalisations privilégiées. Ces soirs-là, je ne suis plus maîtresse de maison par procuration, mais maîtresse de cérémonie. Les temps des bals où on invitait gracieusement sont révolus, sauf quelques fêtes privées (les mariages ou les fêtes des dix-huit ans). Les grandes messes du mécénat, les dîners pour les musées ou au profit d'associations caritatives les ont remplacés. Les invités payent leur place, voire leur table. Ce ne sont ni des bals dans des hôtels particuliers, ni des réceptions privées. Ce sont des dîners moins personnels, à la fois par le cadre, musées ou lieux historiques, et le comité. Le passage à table est plus rapide, donc moins contraignant, et la soirée tient autant du spectacle que de la mondanité. Ces événements allient la mise en scène théâtrale à la qualité de l'art de recevoir. Nous élaborons un spectacle complet, visuel, gustatif, musical parfois. J'aime proposer un moment culturel, puis un dîner placé, tenu dans les conditions les plus exquises, comme lors des « Dîners des Amis du musée d'Orsay », format privilégié pendant lequel les convives visitent une exposition en avant-première, puis dînent dans l'ancienne salle de bal de la gare. Le tout doit être mené sans temps mort : il s'agit d'offrir un moment concis et délicieux.

J'ai aidé plusieurs années l'Association pour le rayonnement de l'Opéra de Paris à organiser les galas d'ouverture de la saison de danse (avec le défilé du corps de ballet sur la *Marche Troyenne* de Berlioz), mais aussi une première de *La Traviata*, suivi d'un dîner placé de quatre cents personnes dans le Grand Foyer du palais Garnier. C'est toujours un plaisir de recevoir au cœur de ce bâtiment second Empire, époque marquante des festivités parisiennes. L'Opéra Bastille est certes moins pittoresque, mais il nous pousse à innover : pour le gala de 2004, Nahed Ojjeh, grande mécène syrienne, et moi-même avions décidé de voir les choses en grand. Bill Clinton était en visite à Paris : cela semblait une folie, pourtant, lorsque nous lui avons proposé d'être notre invité d'honneur, il a accepté sans hésiter. C'étaient les premières dates du jeune ténor Jonas Kaufmann à l'Opéra Bastille, dans le rôle mineur de Cassio. La salle avait été happée par sa voix et sa présence vibrante. Personne n'avait boudé son plaisir jusqu'au dîner. Bill Clinton, lui, n'a pas assisté à la représentation. Il a dîné à l'Ami Louis, bistrot français que les Chirac lui avaient fait découvrir. Après le spectacle, Philippine de Rothschild, les Arnault, Bethy Lagardère, Simone Veil et Doris Brynner étaient venus serrer la main à l'homme de la soirée. Et le président américain d'enchaîner avec un second dîner.

L'une de nos plus mémorables réussites a été l'un des dîners annuels donnés au profit de la fondation Claude Pompidou, créée en 1970 par l'épouse du président, qu'elle a dirigée de 1974 à 2007 avant que Mme Chirac ne lui succède pendant douze ans (Alain Pompidou, fils de Georges et de Claude Pompidou, en est l'actuel président). Afin d'aider les personnes de grand âge, malades ou isolées, la présidente organisait chaque année des événements caritatifs. Au cours d'un voyage en Chine, la première dame avait assisté au tournage du *Dernier Empereur* de Bernardo Bertolucci. Enchantée par ce qu'elle y avait vu, elle a décidé d'organiser un dîner à thème au cœur de l'Hôtel de Ville, après la projection en avant-première de la fresque épique à la salle Pleyel. Elle savait le grand intérêt de Jacques Chirac, alors Premier ministre, pour les civilisations orientales. La capitale bruissait des mouvements des drapeaux chinois déployés pour la visite officielle du président de la République populaire de Chine, Li Xiannan. La salle des fêtes fut transformée en rue chinoise : mise en lumière par des lustres en papier rouge, la décoration avait été conçue par le grand décorateur Alberto

Pinto, un ami des Chirac, qui nous avait prêté des armoires provenant de la Cité Interdite, et ayant appartenu à l'illustre Paul Morand. Avec la collaboration du Tong-Yen, restaurant asiatique préféré de M. Chirac, on avait imaginé et servi les plats, des classiques de leur carte : feuilleté au Satay, raviolis pékinois, pâté impérial, soufflés de crevettes, canard laqué, riz cantonais et thé au jasmin. Pinto avait poussé le détail jusqu'à plisser en éventail les serviettes de toile noire, serrées par un lien de velours rouge. Le menu avait été calligraphié par Zao Wou-Ki, imprimé sur papier de Chine et numéroté de 1 à 500. Parmi les invités de marque, on comptait le dernier roi d'Égypte Fouad II, sa femme Fadila, Philippine de Rothschild, le couturier Kenzo et les acteurs du film dont Joan Chen. Bertolucci en personne m'a avoué quelques années plus tard n'avoir jamais eu de plus beau lancement. Sur une idée de Roland Pozzo di Borgo, les projections-événements au cinéma Normandie des Champs-Élysées, suivies d'un dîner placé à l'hôtel George V, sont devenues une tradition de la fondation. En 1995, nous avons présenté *Sur la route de Madison*, en présence de Clint Eastwood. M. Chirac, devenu entre-temps président de la République, avait accepté l'invitation, ainsi que plusieurs de ses ministres. C'était notre premier protocole avec un chef d'État. Ont suivi *Space Cowboys* de Clint Eastwood en 2000, *Indigène* en 2006 (les acteurs du film avaient tenu à ce que le président profite de cette occasion pour rencontrer des harkis), *Quai d'Orsay* en 2013, qui avait beaucoup fait rire... Le public sortait parfois avec les yeux rouges : les dames passaient alors par une entrée privée du George V avant d'aller se remaquiller. Comme on ne savait jamais à l'avance si le président allait nous faire l'honneur de sa présence (souvent pour la projection, et non le dîner), nous devions prévoir deux déroulements minutés, l'un avec, l'autre sans lui.

Choisir un thème en accord avec la circonstance afin de créer un événement à mi-chemin entre le spectacle et la réception, voilà le secret de nos cérémonies, héritage des Bals des Petits Lits Blancs conçus par Alain Duchemin et de ceux plus flamboyants de Marie-Hélène de Rothschild. Le résultat doit être éblouissant mais les effets de décor ne doivent jamais faire oublier le bien-être des invités. Peut-être est-ce là la clef de l'art de vivre à la française, donner l'impression aux convives qu'ils sont chez eux, qu'ils sont considérés, tout en les émerveillant.

Après le succès du lancement du parfum de Valentino en 1979, Paloma Picasso nous a sollicités pour sa première expérience dans le domaine avec « Mon Parfum », en 1984. J'étais fascinée par ses histoires de famille racontées de manière si naturelle et touchante, par ses anecdotes intimes sur son génie de père. Paloma vivait à New York, où elle côtoyait les gens les plus en vue du moment. Elle avait été photographiée par Richard Avedon et Helmut Newton. Nous nous étions décidés pour un dîner au musée Jacquemart-André, organisé comme s'il s'agissait d'une réception privée de maîtresse de maison. Avec Anne, nous désirions donner à nos réalisations une touche non commerciale, la chaleur humaine d'une réception à la française. Le dîner d'inauguration du parfum « Trésor » de Lancôme, avec Isabella Rossellini en égérie (à qui je n'ai pas manqué de parler de sa mère Ingrid Bergman, que j'avais adorée dans son rôle de Jeanne d'Arc), avait été plus spectaculaire. L'actrice et mannequin avait fait une entrée remarquée, réglée en collaboration avec David Lynch, son compagnon de l'époque. Jacques Grange, architecte d'intérieur de renommée mondiale, devenu depuis un de mes plus proches amis, avait aidé à décorer la grande cour de l'École des beaux-arts, couverte d'une verrière. La mise en scène comprenait des lustres mouvants, qui descendaient du plafond vers les convives, au rythme d'une musique d'opéra. Chaque alcôve de la salle avait été garnie d'objets qu'affectionnait Isabella, afin de donner à voir les inspirations de son parfum. Elle se déplaçait, magnétique, et nous offrait des moments théâtraux. Lindsay Owen Jones, alors président de l'Oréal, avait été enchanté par cette première incursion de son groupe dans le monde du luxe. Isabella avait officié en maîtresse de maison assurée, sous les yeux ébahis de Jessye Norman, cantatrice américaine qui pour la première fois avait accepté de donner un court récital pour un lancement de parfum (nous l'avons retrouvée quelques années plus tard à Versailles, où elle avait refusé de chanter avant que nous ne lui apportions des fruits, difficiles à dénicher à 7 heures du soir… elle avait fini par monter en scène avec un retard tout relatif).

Le bal a longtemps été un moment privilégié de sociabilité, suscitant les fantasmes des jeunes gens. La princesse de Clèves y tombe éperdument amoureuse du duc de Nemours, Emma Bovary passe la plus belle nuit de sa vie à danser au château de la Vaubyessard. Lors de ces soirées dansantes où se succèdent valses, cotillons et autres menuets, la maison tout entière est habitée, du vestibule au jardin. La galerie ou le grand salon sont revisités en salle de danse, et la salle à manger devient le lieu du buffet. La courtoisie entre les cavaliers était de mise : « Madame ou mademoiselle, voulez-vous bien me faire l'honneur de danser avec moi le prochain quadrille ? » Il existait toutes sortes de bals : le bal blanc pour les jeunes gens à marier, des bals roses, des bals costumés, pour revivre une époque ou recréer des atmosphères de grands peintres. Les paysans avaient aussi leurs bals villageois : on sait combien Christian Dior a été marqué par les carnavals de Granville. Ce sont précisément ces bals que les avant-gardes du début du XXe siècle ont ressuscités en y ajoutant leur fantaisie artistique, et en abolissant les règles des danses codifiées.

Le lancement des parfums de Valentino et de Paloma Picasso passerait presque pour confidentiel à côté de ceux de Dior, qui avaient tout d'une super-production. Les dirigeants de Dior Parfums, Maurice Roger et la princesse Marie-Christine zu Sayn-Wittgenstein-Berleburg, fille de Serge Heftler-Louiche (ami d'enfance de Christian Dior et créateur des parfums Dior), avaient choisi d'inaugurer le nouveau parfum Poison en grande pompe : des millions de francs d'investissement, une publicité réalisée par Claude Chabrol, et une soirée de fête sous la grande rotonde du château mythique de Fouquet, Vaux-le-Vicomte. La mode et le luxe s'emparaient alors des histoires de Cendrillon, de l'univers enfantin du conte, où princes et princesses se parent de leurs plus beaux habits. Ils cherchaient également à faire revivre les bals avant-gardistes, remplacés dès les années 70 par les tapis rouges, les soirées de gala, les défilés de couturier. Théâtralité, invitations sélectives, spectacle… ils avaient beaucoup en commun. À mesure que les soirées privées des élites se faisaient plus discrètes, moins tapageuses, les événements culturels ou promotionnels pour un musée ou une maison de luxe sont devenus leur point de rendez-vous privilégié. Le rôle social et mondain était moindre, mais grâce à ces opérations de relations publiques, nous avions à cœur de retrouver la créativité des grandes fêtes d'art. L'événement Poison, prévu six mois à l'avance, s'est tenu le 17 septembre 1985 à 22 heures. Jacques Grange était chargé de la décoration. Un grand tapis vert menait les invités à l'intérieur, où le dôme de la rotonde avait été recouvert d'un grand voile de feuillages. Des milliers de lucioles pendaient du plafond, transformant le château en jardin enchanté. Les convives devaient adopter le « *dress code* Poison », cravate noire pour les hommes, robe longue couleur émeraude et améthyste pour les femmes qui avaient toutes joué le jeu. Il leur était possible de se promener dans le parc, éclairé pour l'occasion, histoire de rappeler les festivités de Fouquet ou les Fêtes galantes de Watteau. Le patron de *Paris Match*, Roger Thérond, m'avait alors confié qu'il s'était cru « chez Marie-Hélène ». Quel compliment ! Surtout qu'elle était présente ce soir-là, tout comme Christian Lacroix, Arielle Dombasle, ou encore Alexis de Redé, figure de cet autre temps que j'essayais de recréer.

Lorsque Moët Hennessy et Louis Vuitton fusionnent en 1987 pour créer LVMH, les parfums Dior passent aux mains de Bernard Arnault, qui avait été très impressionné par notre lancement de 1985. Maurice Roger décide d'aller plus loin en 1991 pour le lancement de Dune, reconduisant Isabelle Adjani en sa qualité de marraine de bal. Jacques Grange avait cette fois-ci recouvert la salle de tulle d'or, de verdure, de branches de corail, de lys et de palmiers d'or, gamme solaire enrichie par des touches aquatiques, des bruits de vague, des lumières et fumées bleues. Le château avait été renommé « Vaux-le-Vicomte-sur-Mer » pour accueillir ce spectacle d'art total, qui donnait la pleine mesure des potentialités olfactives du parfum. Nom quelque peu ironique, puisque les alentours du château avaient été inondés ce jour-là par des pluies torrentielles, et les camions des restaurateurs s'étaient embourbés. Anne, qui veillait à l'extérieur au bon déroulement des arrivées, n'avait pas réussi à quitter ses bottes de pluie de la soirée. Personne ne s'en était aperçu, mais le bal avait failli partir à vau-l'eau.

S'il est une soirée plus récente qui aura beaucoup compté dans notre carrière, c'est bien notre dîner des maharadjahs, donné par Son Altesse Cheikh Hamad bin Abdullah Al Thani, qui s'est tenu en mars 2017 au premier étage du Grand Palais, à l'intérieur d'une galerie brute haute en volumes, d'ordinaire utilisée pour des défilés, que nous avons transformée en immense salle à manger. Avant d'y pénétrer, les convives ont visité en avant-première l'exposition « Des grands Moghols aux Maharadjahs », qui présentait les joyaux indiens de la collection Al Thani. Les bijoux de l'Empire moghol faisaient au XVIIe siècle l'admiration de nombreux orfèvres voyageurs : l'empereur Aurangzeb recevait des bijoux de ses courtisans, qui lui léguaient à leur mort l'ensemble de leurs possessions. Camées à l'effigie de shahs, diamants parfaits de Golconde, émeraudes gravées, vaisselles de jade, dagues et poignards sertis de rubis... tous ces joyaux étaient symboles de pouvoir. Les maharadjahs firent le voyage inverse dans les années 20, se rendant à Paris pour commander des bijoux auprès des grands joailliers de la place Vendôme (Jacques Cartier était lui-même allé en Inde rencontrer des marchands de pierres). L'Œil du Tigre, exposé pour l'occasion, demeure sans aucun doute le plus bel ornement de turban du joaillier, réalisé pour le maharadjah de Nawanagar : entre tradition indienne et inspiration Art déco, ce diamant d'un brun doré est surmonté d'une aigrette pailletée. À son image, notre événement se devait de raconter l'histoire de cette collaboration pluriséculaire entre l'Inde et Paris.

Au sortir de l'exposition, les invités se sont retrouvés pour un cocktail sur la mezzanine de la grande nef. Ils ont ensuite emprunté une coursive de la verrière principale, éclairée de photophores. Suivant les mélodies d'un orchestre indien rencontré au pied d'un arbre lors des pérégrinations de Cheikh Hamad (il avait insisté pour les faire venir), un défilé de smokings et de robes longues, les femmes parées de bijoux, s'est engagé dans une transhumance à la tombée de la nuit.

Une marionnette géante en tenue orientale, dirigée par plusieurs personnes, guidait les convives vers la salle à manger.

Deux tables en arc de cercle occupaient le centre de la galerie illuminée par des lustres à pampilles en cristal. De part et d'autre, deux rangées de tables parallèles se suivaient avant de se rejoindre en leur extrémité. Plusieurs arbustes disposés au creux de niches rappelaient les tons orange de la décoration florale, une chaîne ininterrompue d'hortensias, de renoncules, d'orchidées sabots-de-Vénus, mis en valeur par des vases, aiguières et autres miniatures d'oiseaux issus de la collection d'antiquités de Benjamin Steinitz. Sur les nappes en damassé écru, des verres en cristal et de la vaisselle de vermeil. La serviette et le menu, dont la première page relatait l'histoire du Nizam de Hyderabad, reposaient sur des assiettes de présentation ornées de dessins orientaux. Reproduire la magnificence des banquets du Chowmahalla Palace, où une table d'un seul tenant permettait aux princes moghols de recevoir plusieurs centaines de personnes, tel était le souhait de Cheikh Hamad, que nous avons essayé de réaliser avec l'aide de notre associé William Lambourg, toujours très créatif, et de toutes nos équipes de production. Aux murs, des portraits monumentaux de maharadjahs, encadrés de boiseries dont les motifs tressés comme ceux des moucharabiehs étaient éclairés de l'intérieur, guettaient l'arrivée des trois cents invités.

Il y avait parmi eux des membres de la famille du prince qatari, maître de cette maison éphémère : Cheikha Amna, sa mère, et deux de ses frères. Une dizaine de maharadjahs s'est déplacée pour l'occasion : ceux d'Udaipur, d'Indore, de Kapurthala mais aussi la princesse Esra Jah de Hyderabad. Les ont rejoints des princes et princesses européennes, des ministres, des hommes d'affaires ainsi que des personnalités du monde de la culture.

Après une frayeur de placement (un maître d'hôtel a guidé par erreur un invité à la place du maître de maison), Cheikh Hamad s'est levé pour prononcer son discours. Il est bien connu qu'il est un amoureux de notre histoire et de nos manières : francophone, il connaît et admire les châteaux de la Loire qu'il a visités dans son enfance avec sa mère. Sa demeure parisienne n'est autre que l'ancienne résidence de Paul Morand. À l'occasion de la présentation de sa collection de bijoux, Cheikh Hamad tenait à offrir un dîner digne des grands maîtres de maison français, lui dont le père est le nouveau propriétaire de l'hôtel Lambert sur l'île Saint-Louis, racheté aux héritiers de Guy et Marie-Hélène de Rothschild. Habitué des réceptions et donc un client exigeant, Cheikh Hamad a participé au réglage des moindres détails, des lumières au choix des fleurs, et même jusqu'au menu.

Une fois le discours achevé, un orchestre de chambre constitué d'instruments anciens comme le luth ou le théorbe s'est lancé dans une interprétation animée des fantaisies exotiques des *Indes galantes* ainsi que d'extraits du *Bourgeois gentilhomme* de Lully. Les maîtres d'hôtel et sommeliers en frac et gants blancs s'entrecroisaient dans un ballet feutré. Le menu élaboré par le chef Michel Guérard comprenait un foie gras de canard confit, que les invités ont dégusté avec un petit pâté à l'ancienne, accompagné d'une salade à la présentation baroque. Des improvisations de percussions indiennes, les tablas, ainsi que des airs de fandangos espagnols de Santiago de Murcia ont succédé aux joyaux du Grand Siècle. Suivait un suprême de poularde, servi à la française, entouré de légumes potagers et de calamondins. Un zéphyr de semoule à la verveine, parsemé de perles de pommes, clôturait le dîner au son des danses Terpsichore de Praetorius.

Comme Cheikh Hamad tenait à ce qu'on ne communique pas sur la soirée par respect pour certains invités, peu de photographies ont circulé. Quelle n'a pas été notre fierté et notre surprise de voir ce dîner figurer parmi les six événements de la série « Les Plus Belles Fêtes » du *Figaro*, réalisée par Claire Bommelaer, aux côtés des Divertissements versaillais de l'été 1674 et du Bal surréaliste de Ferrières de 1972. Les convives nous ont confié dans leurs remerciements avoir eu l'impression de revivre les époques les plus fastes de Paris.

Je ne cesse de m'interroger sur la manière de nommer ces « événements » que nous organisons. L'anglais recourt au mot « *party* » qui donne à mon métier l'étiquette intraduisible de « *party-planner* ». Que recouvrent en vérité ces « *parties* » ? Une partie de plaisir, peut-être. Je préfère considérer nos réalisations comme des cérémonies laïques, courtoises et raffinées, entre le bal et la réception. Organisons-nous véritablement des « fêtes », des « soirées », ou même des « bals » ? Il nous arrive de mettre en œuvre une partie festive, une soirée dansante au format discothèque, principalement pour les nuits de mariage et les anniversaires. Mais c'est là un temps qui échappe à notre contrôle. L'après-dîner est un moment de liberté où nous nous effaçons, où le cérémonial n'est plus de mise.

Il serait difficile de dire que je suis moi-même une maîtresse assidue de ma propre maison. J'ai toujours pensé que recevoir chez moi était plus difficile que de m'occuper d'un événement pour six cents personnes. Le goûter du dimanche est un moment que j'affectionne tout particulièrement. J'irais même jusqu'à dire que c'est « mon jour ». Loin des pressions de la semaine, je convie mes proches à un moment sans facétie, sorte de *five o'clock* dominical. Nous dégustons des macarons et des cakes de chez Lenôtre, j'offre le café, le thé et le chocolat, servis dans ma collection de tasses anglaises Minton. Les goûters nous ramènent en enfance, à nos madeleines personnelles. C'est l'occasion de faire admirer à mes amis mon petit jardin où chaque saison voit fleurir des plantes et arbustes différents, tels les camélias, les rhododendrons ou les hellébores, ces roses qui éclosent à Noël.

4

Le menu est une sagesse

L'un des tout premiers écrits philosophiques, et aussi l'un des plus connus, tire son nom d'une réunion mondaine appelée le « *symposion* ». Le *Banquet* de Platon, dialogue sur l'origine de l'amour et la quête de l'âme sœur, est en réalité une scène de commensalité entre amis où, tout en devisant sous le patronage d'un symposiarque, les convives, allongés sur des lits disposés en cercle, dégustent des mets divers et se délectent de vins préalablement coupés à l'eau dans de petits vases appelés cratères. Que dire du banquet de Trimalcion, scène grandiose du *Satyricon* de l'écrivain romain Pétrone, porté à l'écran par Federico Fellini ? Le réalisateur met en scène avec minutie et onirisme le festin organisé par l'ancien esclave Trimalcion qui souhaite mettre en spectacle l'étendue de ses richesses. On y fait ripaille entre deux passages aux thermes, on se fait masser, soigner les pieds, allongé du côté gauche sur une banquette du *triclinium*, ce « lit de table » en U, le tout face à un banquet d'une ostentation baroque, où des œufs de paon sont dissimulés dans un ventre de poule. Ces festins de Lucullus étaient de vraies fêtes, avec animations et spectacles en tous genres. Ici, aucune bonne manière, les convives discourent à la cantonade, gouaillent, s'adonnent à la luxure, engloutissent sans interruption – jusqu'à vomir parfois, dans le seul but de continuer à se remplir. Et les plats, dont les noms sont annoncés à chaque nouveau service, apparaissent en continu, comme par magie. À cette époque, le luxe est dans le débordement, pas dans le goût. Il fallait que le festin paraisse illimité, à l'image des frontières toujours plus lointaines de l'Empire romain, capable de faire venir des denrées des quatre coins du monde.

Le menu est la traduction de pratiques qui divergent selon les époques et les pays. Du Moyen Âge au XVIIIe siècle, le banquet s'ordonne en séquences, chacune comprenant un ensemble de plats (le plus souvent huit) disposés en même temps sur la table. Les invités font leur choix et demandent aux valets de les servir. En fonction de leur placement, ils n'ont pas toujours accès aux mêmes plats que les invités d'honneur : la disposition des mets respecte ainsi la hiérarchie du monde social. On parle de service historique à la française (à ne pas confondre avec le service à la française tel qu'on le connaît aujourd'hui). Il permet de mettre en scène ses richesses par l'abondance et la grandeur des plats, que les convives finissent rarement et qu'ils dégustent souvent froids. L'ornementation prime sur le goût, et le maître d'hôtel en chef arrange les plats en fonction de leurs couleurs plus que de leurs saveurs. S'il n'est plus utilisé aujourd'hui, ce service demeure un symbole de notre patrimoine gastronomique. En 2014, le président chinois Xi Jinping a passé la dernière soirée de sa visite d'État à Versailles. Après un concert donné à l'Opéra royal, François Hollande l'a reçu dans le Grand Trianon pour un dîner privé servi comme au Grand Siècle. Près d'une vingtaine de plats – en toutes petites quantités –, ont été déployés sur la table afin de donner un aperçu exhaustif de la grande cuisine française.

Louis XIV avait pour habitude de souper dans l'Antichambre du Grand Couvert, situé au cœur du Grand Appartement de la Reine. Les murs de ce « salon de Mars », encadrés de voussures dorées et de parois de marbre, étaient recouverts de tapisseries montrant des femmes fortes de l'Antiquité. Plusieurs Véronèse s'y sont succédé, comme le *Suzanne et les vieillards* aujourd'hui exposé au Louvre. Le Grand Couvert était une pantomime codifiée d'environ trois quarts d'heure, donnée autour de 10 heures. Seuls les membres de sang royal étaient autorisés à donner la réplique au monarque. Debout, tout autour, les courtisans formaient un public attentif. « Messieurs, au couvert du roi ! » sonnait le début du dîner, au mécanisme aussi régulier et inéluctable que celui des tragédies classiques. Un premier service de quatorze potages et entrées était disposé dans la salle avant l'arrivée du roi. Les plats ainsi que les boissons se trouvaient sur un buffet, ou sur la « table du prêt » installée dans la salle des Gardes attenante. Le deuxième acte était composé des pièces de rôts, le troisième des entremets. Criait-on « À boire pour le roi », aussitôt l'échanson apportait une cruche à couvercle d'or, que le roi manipulait lui-même. Le dernier acte était placé sous le signe des fruits, crus ou secs, en pyramides dans des corbeilles en vermeil ou alors en confiture. À chacun de ces services, le roi sélectionnait ce qui l'intéressait. Il avait, disait-on, un appétit formidable, car il se réservait toute la journée (le déjeuner, aussi appelé Petit Couvert, était bien moins copieux et apprêté). Tous les plats étaient commandés par le contrôleur ordinaire, préparés par les officiers de bouche et servis sous la houlette du grand maître d'hôtel au bâton fleurdelisé. Versailles était en vérité une vaste cuisine, qui préparait chaque jour entre 3 000 et 5 000 couverts. Le gaspillage était limité, puisque les restes du service à la française permettaient de nourrir les membres du personnel.

Le menu n'est à l'époque qu'un simple mémoire donné aux cuisiniers par le maître de maison, indiquant ses désirs en termes d'ingrédients, ainsi qu'une liste de plats possibles. À aucun moment, le convive n'y a accès. Le menu tel que nous le connaissons, c'est-à-dire l'ordonnancement des mets, apparaît au XVIIIe siècle. Louis XV, lassé des cérémonies, préfère souper dans ses appartements privés avec ses intimes. La gastronomie devient pour la Cour un élément de sensualité raffinée. La marquise de Pompadour, maîtresse royale, n'était-elle pas fille d'un chargé des vivres ? Ne parle-t-on pas d'ailleurs de filets de sole à la Pompadour ? Les dîners, par opposition aux banquets versaillais, se font alors dans des sphères de plus en plus privées, avec un nombre restreint de convives. De grands bourgeois commencent également à recevoir. Les maîtres de maison et leurs cuisiniers cherchent à améliorer le goût des plats (ils réduisent l'acidité, séparent le sucré du salé) et choisissent de mettre en avant la créativité, l'originalité, tout en utilisant le meilleur des terroirs français. Une révolution gastronomique s'opère : les petites volailles grasses, poulardes, chapons et pigeons remplacent les gibiers des chasses médiévales. On consomme du bœuf, du veau, du mouton, mais peu d'agneau et de porc, sauf en jambon. Les poissons de mer comme la sole, le carrelet, le merlan, nécessaires pour le carême, sont consommés plus régulièrement. On remplace les épices par des aromates, comme le cresson ou le pourpier ; pour les bouillons ou la cuisson des légumes, on utilise principalement des carottes, des navets et des poireaux. C'est l'apparition de la « nouvelle cuisine française ».

Le marmiton, par sa recherche de l'équilibre, de l'harmonie, devient maître queux. Le maître de maison devient amphitryon, maître de cérémonie mythologique, en charge de la mise en scène de sa réception.

L'apparition au XIXe siècle du service à la russe bouleverse en profondeur les pratiques culinaires et mondaines. L'ambassadeur Alexandre Kourakine aurait participé au début du siècle à diffuser cette manière de servir les plats un par un. Découpés en cuisine, dressés puis servis directement par les maîtres d'hôtel, les plats restent chauds jusqu'à leur dégustation. Le menu s'établit alors comme suit : potage, entrées, grosse pièce, rôt, entremets (ces derniers étaient autant sucrés que salés, avant de prendre la forme de ce qu'on appelle aujourd'hui le dessert). Voilà qui ravissait les bourgeois, soucieux d'organiser des dîners plus succincts et moins onéreux. Le menu comme programme, travaillé avec plus de précision, est désormais annoncé au préalable aux convives. Il passe de la cuisine à la salle à manger, à demeure comme au restaurant.

Les menus dégustés dès les premières décennies de la IIIe République font état d'un raccourcissement des temps passés à table. À l'aube du XXe siècle, les interminables agapes de l'Ancien Régime ne sont plus le fait que de grandes familles qui refusent d'embrasser la modernité. Pauline de Pange, femme de lettres issue des familles Broglie et Ségur, descendante de Mme de Staël, raconte dans ses mémoires, *Comment j'ai vu 1900*, quel était le train de vie de sa maison au moment où Paris entrait dans la modernité de la tour Eiffel, des voitures et de l'électricité. Sa grand-mère Célestine de Ségur présidait la table selon le goût aristocratique (nombreux sont d'ailleurs les noms de plats issus de personnalités historiques, comme le potage de haricots dit « à la Condé », la sauce Colbert à base de beurre pommade et de glace de viande, ou encore les tomates à la Sévigné farcies de volaille et de mayonnaise). Sept à huit plats différents se succédaient à chaque déjeuner, dans des récipients en argent, et les maîtres d'hôtel découpaient les volailles devant les convives. La découpe était à l'origine le fait du maître de maison, comme l'explique Grimod de la Reynière dans le « Traité de la dissection des viandes » qui constitue près d'un tiers de son *Manuel des amphitryons*. À un temps où les grandes manières françaises s'étaient en partie perdues après les égarements de la Révolution française, l'auteur gastronome se donnait pour mission de transmettre ce savoir aux maisons bourgeoises émergentes.

Les pratiques changent à partir des Trente Glorieuses : on se met à table moins longtemps, et de plus en plus tard. Nouvelle cure d'amincissement pour le menu, qui se limite désormais en France à une entrée, un plat principal avec une garniture, et un dessert (souvent précédé ou remplacé par un fromage). Les dîners que nous orchestrons suivent ce modèle, selon un rythme enlevé. Hors de question d'infliger à nos convives le supplice de Tantale qui les amèneraient à se jeter sur la corbeille à pain. Beaucoup de nos clients sont des femmes et hommes très occupés, parfois même des sportifs, des gens qui aiment la vitesse. Qu'y a-t-il de semblable entre un aristocrate vivant de ses rentes et un chef d'entreprise ? L'un favorisera les services à rallonge, pour faire étalage de ses richesses, et jouir de son temps libre. L'autre voudra au maximum réduire le temps passé à table, car il ne peut se permettre de gaspiller le temps précieux de sa journée. Tout cumulé, il convient de ne pas les retenir à table plus d'une heure et quart.

« Ce n'est donc pas une petite affaire que la composition et la discussion d'un menu. La première demande une tête forte, une science profonde et variée, et des combinaisons très étendues », professait déjà Grimod de la Reynière en 1808. Je ne peux que confirmer ses dires ! L'élaboration d'un menu est un authentique casse-tête. Il ne s'agit pas pour nous de recettes pointues à proposer aux clients d'un restaurant : il nous faut plaire à deux cents, cinq cents, mille personnes. Le menu doit être sobre, et simple à comprendre. Les gens se régalent davantage d'un plat qu'ils identifient visuellement (autrement ils auront tendance à laisser). Les légumes plaisent toujours, et la volaille est le mets diplomatique par excellence. Abats, venaisons, plats en sauce, civets ou ragoûts sont à éviter. Ces plats rappellent les temps d'Ancien Régime où le seigneur donnait à ses vassaux les résultats de ses chasses. Le plat principal ne doit pas être pensé comme un « plat de résistance » : le dîner n'est pas une bataille, mais un spectacle. Tout ce qui pourrait salir ou incommoder le convive est prohibé. Ni crevettes à décortiquer, ni gousses d'ail proéminentes. Il faut enfin prendre en compte les sensibilités culinaires des invités et le respect des interdits religieux : pas de crustacés pour certains, de porc pour d'autres...

Le choix des mets doit correspondre aux circonstances de l'événement. Tenir le budget est une composante essentielle, mais il faut aussi donner dans l'à-propos. Caviar et truffes seront réservés aux occasions exceptionnelles ; le trop-plein d'opulence a mauvaise presse, surtout lors des dîners au profit d'associations, où les invités préfèrent que l'argent soit reversé à des causes. Songez au scandale qu'ont déclenché les images d'un haut fonctionnaire dégustant des mets et des vins renommés dans un salon de la République. Sous le président Hollande, toute la cave du palais a été vendue, alors que tous les présidents jusqu'à Chirac avaient constitué une magnifique collection de grands vins. Faut-il garder les traditions élyséennes ? Est-il désormais politiquement incorrect de faire bonne chère ? La tradition doit se perpétuer, mais il faut toujours raison garder.

Finis, donc, les menus riches : les papilles modernes veulent un dîner raffiné, plus menu que gargantuesque. Entrée, plat, dessert – fixés par l'accord le plus délicat, par la plus grande justesse. On considère souvent mon ami Michel Guérard comme le pionnier en France, dès les années 70, de la « cuisine minceur ». J'ai beaucoup appris avec lui sur la composition d'un menu et sur les apports des aliments. Il n'est pas besoin de rajouter des calories aux calories pour qu'un plat soit bon : tout dîner doit viser l'équilibre nutritionnel. Rien de pire qu'un convive qui sort alourdi d'une de nos tables, nous cherchons plutôt à ce qu'il le fasse léger. Lorsque j'ai rencontré pour la première fois le fameux chef, notre bonne entente a été immédiate : je le trouvais courtois, attentif, charmant. Je me souviens encore d'une anecdote qu'il m'a racontée. Un jour qu'il chinait aux puces de Saint-Ouen, Michel est tombé sur un panier en osier dans lequel il a trouvé un livre de cuisine écrit de la main de Christian Dior. Il était bien connu que le couturier français adorait cuisiner. Il osait même dire à l'époque que la haute couture était comme la grande cuisine, un art du ciselé, de l'élégance, un art de l'intuition et de la création. Le « repas gastronomique des Français » n'a-t-il pas été reconnu en 2010 patrimoine culturel immatériel de l'humanité par l'Unesco ? Le précieux trésor a été depuis offert en main propre à Delphine Arnault, j'ai même eu le plaisir de le parcourir.

Depuis quelques années, les gens sont de plus en plus nombreux à nous signaler leurs préférences alimentaires : allergies, sans gluten, végétarien, *vegan*... Difficile de ne pas s'y perdre lorsque nous composons les menus. La plupart des femmes, et de plus en plus d'hommes, vous diront qu'ils sont au régime (je n'ai pas souvenir, au début de ma carrière, de quelconques préoccupations de régime lors des grandes célébrations). L'invité qui a des intolérances est tenu de le signaler dès la confirmation de sa venue, que ce soit pour un grand événement ou un dîner privé. Sans cela, il lui faudra rester poli, se servir en petites quantités et oublier un temps ses restrictions sans le faire remarquer. Je me souviendrai toujours du moment où Karl Lagerfeld a décidé de changer complètement la composition de ses menus. Au tournant du millénaire, il s'est donné pour objectif de rentrer dans les costumes que Hedi Slimane dessinait pour Dior Homme. Du jour au lendemain, il a drastiquement réduit glucides et graisses, remplacés par des poissons maigres et de la volaille. Légumes à volonté bien sûr, assaisonnés d'épices et herbes variées. Il aurait mis le monde entier au régime, s'il avait pu ! Qu'en aurait pensé Marcel Proust, qui écrivait qu'il y a

« quelque chose plus difficile encore que de s'astreindre à un régime, c'est de ne pas l'imposer aux autres » ?

La tradition dans notre pays est celle du service à la française (distinct de celui d'Ancien Régime constitué d'innombrables séquences). Le plat est présenté à la gauche de l'invité, qui se sert lui-même (la saucière et les vins sont présentés à droite). Ce service traditionnel est une petite pièce de théâtre domestique : le maître d'hôtel s'approche sans bruit, dans des mouvements lents de pantomime. Le convive – et c'est la beauté de ce service – participe, puisqu'il prend ce qu'il désire, et qu'il est libre de sa portion (ainsi que de se resservir à la repasse). Le plat tel qu'il a été présenté par le chef est d'abord montré à la table, puis proposé à chacun selon un ordre hiérarchique précis : on commence par la femme à droite du maître de maison, puis la dame à sa gauche, puis les femmes à droite et à gauche des hommes autour de la maîtresse de maison, puis toutes les femmes jusqu'à cette dernière. Ensuite les hommes, à partir de celui à droite de l'hôtesse. Les enfants, s'ils siègent à la même table, sont servis en dernier. Ce cérémonial est toujours en vigueur dans les grandes maisons françaises, même si les jeunes descendants de ces familles ont tendance à l'abandonner pour des modalités de service plus décontractées, comme des buffets. Les maîtres d'hôtel avec qui je travaille me confient parfois qu'une fois dans leur quatrième décennie, ces mêmes enfants commencent à organiser des dîners plus intimes, plus recherchés, où le service à la française fait son retour après des années où la fête a été préférée au bonheur d'un dîner.

Le service à la Beaumont, du nom de Jean de Beaumont, est une variante du service à la française. Le maître d'hôtel présente le plat à deux convives, et chacun se sert à droite et à gauche. D'aucuns diront qu'il s'agit d'une aberration, car les hommes bien élevés refuseront de se servir en même temps qu'une femme. Il est aussi possible que certains convives se trouvent embarrassés par le service à la française, n'ayant pas l'habitude de se servir eux-mêmes. Il faut alors préférer le service à l'anglaise : le maître d'hôtel se penche à gauche du convive et emplit l'assiette lui-même. Le chef aura donné au préalable des indications concernant la taille des portions. Ce type de service a l'avantage de mettre plus à l'aise, le convive pouvant continuer sa discussion sans avoir à réfléchir à la manière dont il garnit son assiette. C'est ainsi qu'on servait dans les salles à manger de l'Élysée sous Valéry Giscard d'Estaing. Il existe enfin le service à la russe, autre nom du service au guéridon. Pour une tablée de huit ou dix convives, le maître d'hôtel découpe le plat sur une desserte placée à côté de la table, sous les yeux des invités. Il remplit ensuite chaque assiette depuis le guéridon. Ce service est privilégié par certains restaurants et traiteurs, bien qu'il nécessite beaucoup de place et de personnel.

Qu'est devenu le service historique à la russe, qui a révolutionné nos pratiques de table au XIXe siècle ? On l'appelle désormais le service à l'assiette. Ce dernier a pris de l'importance dans les années 60 et 70, avec l'émergence des grands chefs, qui considèrent que leur art ne se réalise pleinement que si l'on présente l'assiette qu'ils ont élaborée en cuisine. Sa couleur, son rythme, sa décoration ne sont pas recréés par le maître d'hôtel, mais supervisés par ces grands chefs avant le service en salle. On assiste aujourd'hui à l'ascension de chefs qui deviennent des vedettes à part entière. Ils mettent leur grain de sel partout, et prennent parfois le pas sur les amphitryons, après avoir été plusieurs siècles relégués aux cuisines. Alain Ducasse fait partie de ces chefs, qui se prennent pour des Roi-Soleil. Ils refuseront net le service à la française, qui rend plus évident le rôle du maître d'hôtel. Or, le service à l'assiette donne à ceux-ci l'impression d'être inutiles. Qu'y a-t-il besoin de maîtres d'hôtel lorsqu'on peut se contenter de serveurs ? Le service à l'assiette a pour conséquence de limiter le festin, dans l'assiette et dans le temps, et de réduire le personnel. Peut-on communier convenablement autour d'un dîner trop rapide ? Les impératifs et le temps contraint de l'homme moderne frappent au détriment de la convivialité. Bernadette Chirac a toujours insisté pour que le service à l'Élysée se fasse à la française. Sous Nicolas Sarkozy, tout est passé à l'assiette, et le fromage a été relégué aux occasions privées. François Hollande a, quant à lui, réinstauré le service à la française, tout en exigeant que la réception n'excède pas une heure. La règle pour un dîner enlevé qui convienne aux politiques comme aux hommes d'affaires est de passer une heure trente maximum à table.

Je suis personnellement pour des formules hybrides, afin de concilier gain de temps et respect de la tradition. Je propose souvent l'entrée à l'assiette, le plat à la française, puis le dessert à l'assiette. Occasionnellement, un plat au guéridon, pour une table de dix personnes. Il est possible de partager un soufflé sucré en dessert pour dix personnes, dans lequel chacun se sert une, deux cuillères sans en abuser. Certains convives s'attendent au service à la française. D'autres, peu habitués à se servir eux-mêmes, seront déstabilisés par le plat qui leur est présenté à gauche. Il faut donc choisir le service qui conviendra le mieux aux circonstances ainsi qu'aux convives. Dans le doute, on s'appuiera sur le maître d'hôtel. Les meilleurs d'entre eux, des amoureux de leur métier, sont la mémoire vivante des traditions françaises. Leur figure tutélaire n'est autre que François Vatel, maître d'hôtel à demeure chez le prince de

Condé, qui a essuyé plusieurs affronts successifs durant trois jours de fêtes ininterrompues au château de Chantilly, et qui, face à la pression de la perfection, n'a eu d'autre solution que de se donner la mort.

Comme le programme d'un concert, le menu s'incarne en un bel objet. L'amphitryon est tenu dès la fin du XIXe siècle de distribuer un menu à chaque convive, annonçant le contenu du dîner. Le menu individuel comme objet graphique, presque artistique, marque un événement singulier. Dans les grandes maisons, il est inscrit à la main sur un bristol rectangulaire doré sur tranche, aux armes de la famille. Il peut être entouré d'un fin liseré or, avec la date du jour. Pour les événements culturels, il est de bon ton d'accorder sa présentation aux invitations préalablement envoyées. Une reproduction du « Garçon au gilet rouge » de Cézanne ornait la première page du menu cartonné que nous avions réalisé pour une exposition du musée d'Orsay. Une fois déplié, le menu révélait les mets simples et subtils du soir : asperges blanches accompagnées d'une crème de petits pois, mignon de veau aux légumes de printemps, écume de basilic aux deux fraises. Les menus de l'Élysée prennent la forme d'une feuille repliée, comportant une gravure à l'effigie du palais. La page intérieure gauche détaille les vins, celle de droite l'enchaînement des mets. Si le dîner est une réussite, le convive se fera une joie d'en garder le menu (j'en fais personnellement la collection).

Angela Merkel a-t-elle conservé le menu du dîner du G7 d'août 2019, au phare de Biarritz, sur la pointe Saint-Martin ? Michel Guérard avait élaboré pour l'occasion un menu d'inspiration locale : un zéphyr de truffe en entrée (nom délicat pour une soupe à la texture tout aussi délicate), de la pintade des Landes accompagnées de petits gnocchis au vert, puis un melba de fraises rouges d'Eugénie-les-Bains avec son sorbet aux herbes. Les plats proposés avaient été validés par le chef des cuisines de l'Élysée, Guillaume Gomez, qui doit s'assurer chaque fois que le menu convienne à tous les chefs d'État. Le soir du G7, un des cuisiniers a signalé que la pintade était sous-cuite et qu'il fallait la repasser au four. Michel se félicite encore à ce jour d'avoir fait confiance à un de ses coéquipiers : à la fin du dîner, le chef étoilé a reçu les honneurs de tous les chefs d'État (ce menu réussi nous a tant inspirés que nous avons demandé l'autorisation au chef de le reproduire, avec la complicité de Potel et Chabot, pour l'avant-première de l'exposition « Moderne Maharajah, un mécène des années 30 » au musée des Arts Décoratifs). Après ce moment de plaisir, la chancelière allemande était tout à fait disposée à faire des confidences et elle s'est longuement entretenue de son potager avec Michel Guérard. La table apaise et cimente l'amitié.

La gastronomie serait-elle un agent de la paix, une fervente représentante de la voie diplomatique ? Quel rôle la pintade de Saint-Sever a-t-elle joué dans les négociations apaisées des sept plus grandes puissances du monde ?

5

La bataille des placements

Tout semblait bien parti : avec le chef du protocole du Qatar et l'ambassadeur de l'émirat en France, nous passions en revue le trajet de Son Altesse Cheikha Al Mayassa qui devait assister le lendemain à l'inauguration de l'exposition consacrée à l'artiste contemporain Takashi Murakami au château de Versailles, en 2010. Chaque étape du circuit avait été examinée en détail, jusqu'au placement des convives à la table d'honneur du dîner de sept cents personnes prévu dans la galerie des Batailles. « Et où avez-vous placé les vingt ministres de la princesse ? » L'ambassadeur français nous fait comprendre par son regard qu'il ne voit pas de quoi parle le chef du protocole. Nous avons été obligés de revoir sur-le-champ le placement des soixante convives de la table d'honneur, afin d'y inclure les ministres qataris (sans compter un ajout de dernière minute parmi les femmes de la suite de la princesse). Les placements sont une authentique bataille navale, et nous avons frôlé ce jour-là le naufrage. Fort heureusement, nous avons l'habitude de ces changements imprévus : nous demandons aussitôt au chef de protocole qatari de nous écrire la liste des noms et titres des vingt ministres, en lettres capitales et par ordre hiérarchique. Le casse-tête a été résolu à temps, mais il a eu des conséquences inattendues. Bernadette Chirac s'est retrouvée en face d'une personnalité politique de tout premier ordre qu'elle abhorrait : nous avons dû densifier la décoration florale – des soliflores emplis de gerberas multicolores, façon Murakami –, et retarder au maximum leurs arrivées pour éviter qu'ils ne se voient. Le chef qatari a désapprouvé au début du dîner le choix du convive à droite du mari de la princesse. François Pinault en personne est intervenu pour proposer sa place, et éviter que le ton ne monte. Nous n'avons pas cédé, et notre placement est resté tel que nous l'avions élaboré. Le temps d'une soirée, nous tenons le sort social de nos invités ; chaque place a un sens, et elle doit donner à l'invité l'importance qui est la sienne. Karl Lagerfeld me répétait souvent : « Où que je sois, ce sera la place la meilleure », tandis que Pierre Bergé n'hésitait pas à me demander : « Françoise, est-ce que j'ai une place stratégique ? »

Pour mener à bien nos batailles, nous avons un système infaillible, souvent imité, jamais égalé. Notre technique m'a été transmise par Roger Vaurs, alors ambassadeur de France à Ankara, lorsque j'y ai travaillé pour la maison d'édition Hachette. Une fois établie la liste des invités, chacun d'entre eux est matérialisé par un petit carton, rose pour les femmes, bleu pour les hommes, que nous alignons, par ordre alphabétique, sur un bureau de travail, en regroupant les couples. Avec les noms et titres figurent les langues parlées ainsi que les centres d'intérêt de chacun. Au départ, nous découpions ces petites languettes de papier à même des pochettes de dossier ; désormais, nous les faisons massicoter chez l'imprimeur. Je ne suis pas peu fière d'avoir lancé cette affaire dans Paris, il y a près de quarante ans. Des ronds et rectangles en carton nous permettent de reproduire la forme des tables. Les chaises sont représentées par des trombones sous lesquels nous glissons les bristols. Certains de nos concurrents utilisent des stickers ou des post-it, mais cela peut s'envoler. Rien ne vaut le carton qui coulisse sous le trombone. Des congénères chinois l'ont même adopté ! Lorsque je suis revenue à Shanghai en 2010, deux ans après mon passage à Pékin, j'étais flattée de voir que nous avions fait des émules.

À partir de cinquante personnes, il devient quasiment impossible de garder tous les invités à la même table. Il nous est arrivé d'accomplir cet exploit, dans le foyer de l'opéra Garnier, au musée de Sèvres, dans l'Orangerie du château de Versailles ou encore pour l'inauguration de l'exposition des Rois du monde au château de Fontainebleau. Là, près de cent cinquante personnes s'étaient fait face le long de la galerie François Ier, à une table longitudinale constituée en réalité de trois tables en enfilade. Mais dans le cas d'une salle plus rectangulaire que longiligne, il faut d'abord trouver l'endroit idéal où situer la table d'honneur, et décider si elle sera une table ronde, ovale, ou en longueur, sans vis-à-vis, comme dans la Cène de Léonard de Vinci (cela se fait beaucoup aux mariages). De nos jours, la disposition la plus fréquente est l'utilisation d'une table d'honneur ovale, de dix-huit à vingt personnes, entourée de tables rondes de dix à douze personnes, plus propices aux conversations. La table en longueur est plus hiérarchique ; trop étendue, elle créera un effet de bout de table qui peut froisser. On envisagera alors plusieurs tables d'honneur au cas où il faille répartir un nombre important d'invités de marque.

Une fois les formes et trombones installés, la campagne des placements peut commencer. Nous réfléchissons de longues heures tels des chefs de guerre devant leur champ de bataille miniature. Nous déplaçons les bristols, essayons plusieurs stratégies avant d'être certains que notre plan de table est le plus convivial et le plus respectueux des usages. Il nous arrive de laisser le jeu en plan, et d'y revenir plus tard. Pour cela, il faut de la place ! Je demande toujours aux clients s'ils disposent d'une table où dérouler nos cartes militaires. Dans notre bureau, nous utilisons la grande salle de réunion, à la table tout en longueur. Ces dernières années, on nous a proposé plusieurs dispositifs informatiques, mais nous n'abandonnerions nos cartons pour rien au monde.

Nous commençons toujours par placer la ou les personnes qui reçoivent, ainsi que les invités d'honneur. La première place pour une femme sera à droite du maître du maison ; son mari est alors placé à droite de la maîtresse de maison, ou de l'épouse de celui qui reçoit. Les places à gauche des hôtes sont considérées comme les deuxièmes places d'honneur. À une table en longueur, l'usage français veut que les deux amphitryons soient en face, au centre de la table. En Angleterre, ils seront à chaque extrémité. Le protocole d'État requiert de distribuer les souverains par ordre d'arrivée sur le trône et les chefs d'État par date d'élection. Les préséances en cérémonies publiques ont été établies par le protocole Rocard de 1989, il nous suffit de les suivre pour placer les personnes qui jouissent d'un rang officiel. Il m'est arrivé de me tromper sans le vouloir : lors d'un dîner organisé en l'honneur de la cantatrice américaine Jessye Norman, je l'ai placée à droite du mécène de la soirée. J'ai oublié dans cet élan que Mme Georges Pompidou, alors veuve d'un président de la République mort en exercice, devait avoir, quoi qu'il arrive, la première place. Claude Pompidou, avec son élégance habituelle, avait fait mine de ne pas le remarquer. La comtesse de Ribes, elle, le releva.

Dès lors que les hôtes, les invités d'honneur et les invités à rang protocolaire sont placés, nous nous attelons aux autres convives, en appliquant les préséances suivantes : les femmes ont la priorité sur les hommes, les plus âgés sur les plus jeunes, les ecclésiastiques sur les ministres et académiciens, les gens à fonction officielle sur les invités classiques. Le prestige d'un invité très apprécié mais sans lien avec un protocole en vigueur, comme les artistes ou les écrivains, impose parfois un protocole de courtoisie. L'ancienne impératrice d'Iran, Farah Pahlavi, troisième et dernière épouse du shah d'Iran, continue d'occuper des places de choix malgré le décès de son mari et le renversement du régime monarchique iranien. Nous essayons autant que possible de respecter l'alternance homme/femme. Les couples seront séparés (en Russie comme aux États-Unis, ils sont à côté, ce qui ne se fait pas chez nous). Si certains couples sont de même sexe, il faudra ruser en invitant des célibataires du sexe opposé (ou moins amusant, des veufs). Pour les occasions privées, on place de préférence les enfants et adolescents en bout de table. Si la réception comporte plusieurs tables, il est possible de les répartir à des endroits stratégiques pour donner l'impression que la famille est représentée dans toute la salle. Il vaut mieux éviter de mettre à côté les amis les plus intimes, pour ne pas créer d'effets de clan. Une grande maîtresse de maison avait pour habitude de faire présider chaque table par une personnalité importante, pour valoriser tous les invités.

La manche la plus fine et la plus amusante est celle des associations humaines. C'est là que je laisse parler mes intuitions, et que j'associe les tempéraments des gens, comme des couleurs. Je dois dire que j'ai le chic pour trouver les affinités électives cachées. J'ai déjà fait des mariages par des placements ! Dans mon esprit, j'interroge mon petit gotha personnel. Avec les membres de mon bureau, nous pourrions travailler à éditer une version contemporaine du Gotha, cet almanach commencé au XVIIIe siècle en Allemagne, qui répertorie toutes les maisons aristocratiques européennes. Il ne serait pas limité aux aristocrates et aux familles souveraines, mais inclurait aussi les industriels, les chefs d'entreprise et les artistes. Pour moi, ils ont la même valeur : je m'amuse à les combiner selon leur sensibilité, j'établis des partenariats d'un soir, j'essaye de rapprocher. Mon but est atteint lorsque j'assieds côte à côte des gens qui ne se connaissent pas, et qu'ils arrivent, sans ennui, à passer un excellent moment.

La connaissance des futurs hôtes permet seule d'éviter les tables explosives. Ainsi, il faut être attentif à ne pas inviter l'épouse et la maîtresse (ou alors à les séparer) ; la même attention doit être portée aux conjoints et ex-conjoints, surtout lorsque le divorce s'est mal passé. Il était autrefois impossible d'asseoir Balladur et Chirac ou Karl Lagerfeld et Pierre Bergé à la même table. La table idéale comportera une personne importante, un inconnu intéressant à découvrir, ainsi qu'un trublion comique. Les voisins doivent avoir des intérêts communs, sans trop se ressembler (les doublons auront tendance à s'inhiber, voire à s'annuler). Les invités qui ont des domaines de connaissances rares, des anecdotes ou des expériences à raconter feront merveille. Il s'agit de créer la surprise : en manigançant d'heureux hasards, le maître des tables se fait entremetteur d'un soir. Marie-Hélène de Rothschild poussait la sophistication jusqu'à placer autour de chaque invité une personne qu'il connaît d'un côté, pour le confort, et de l'autre une qu'il ne connaît pas mais qu'il est susceptible d'apprécier. Elle anticipait les conversations de ses futurs hôtes, afin de se représenter leur éventuelle entente.

Lorsque je ne connais pas certains invités, j'ouvre le *Who's Who*, je passe des coups de fil, afin d'éviter les associations risquées. Plus récemment, je me suis mise à questionner les moteurs de recherche, mais le téléphone reste mon arme de prédilection. Lorsque nous avons dû placer les maharadjahs pour notre fête au Grand Palais, j'ai eu l'idée d'appeler mon ami Stéphane Bern. Il répond toujours, tout passionné qu'il est par ces questions. Pour écrire les lettres et placer les souverains, il est tout aussi qualifié qu'un chef de protocole. Cet acharné de travail va au bout de ce qu'il entreprend : combien de fois l'avons-nous déguisé pour les tombolas du Bal de la rose, à Monaco ? Je le revois encore avec ses ailes en plumes pour l'année Brazil. C'est lui qui m'a appris que depuis le règne de la reine Victoria, le salut au canon marque l'ordre hiérarchique des princes des Indes, sauvant ainsi notre placement. Quant aux noms chinois qui ne me disaient rien, lors du dîner au cœur du palais Tai Miao, dans la Cité interdite, à placer au milieu des cognassiers et des forsythias ? J'ai honoré les placements protocolaires. Pour les invités restants, je reconnais que le hasard a eu, une fois n'est pas coutume, un rôle à jouer. Il devait être 4 heures du matin, et plus personne ne pouvait nous aider Céline et moi. C'est la seule fois de ma carrière où j'ai lâché prise.

Dans tous les cas, le plan de table est la clef de voûte d'une réception. Sa réussite en dépend presque intégralement. J'ai des sueurs froides à la seule pensée d'un gala de bienfaisance organisé à Versailles que m'a raconté Olivier Josse, qui y a longtemps travaillé. La soirée commençait par un concert à l'Opéra royal. Une semaine avant l'événement, les équipes de Versailles n'avaient toujours pas reçu le nom des invités confirmés. « Méfiez-vous, pour placer six cents personnes, il faut au moins quarante-huit heures », avaient-elles précisé à la responsable, dont c'était manifestement la première réalisation d'envergure. Le jour même, sur les lieux, l'invitant s'est retrouvé démuni face à l'organisatrice qui avait perdu ses moyens au point de nier qu'elle devait régler les placements. « Elle a disjoncté, c'est une catastrophe ! » Il a fallu réagir au quart de tour : les billets ont été classés par ordre de prestige, premiers rangs de loges et parterre, puis remis au dernier moment, au fur et à mesure de l'entrée des spectateurs dans la salle. Le président du château avait accepté d'être à l'entrée du parterre pour répartir les invités aux places d'honneur. Au vu des circonstances, ils ne s'en sont pas trop mal sortis. Lorsque le concert a commencé, les responsables du château se sont rendus par acquit de conscience dans la galerie des Batailles où avait lieu le dîner. Ils ont découvert avec stupéfaction que les placements autour des tables n'avaient pas été faits. L'organisatrice vociférait dans un coin, manifestement hors d'elle. Le cauchemar de tout maître de maison s'est déroulé sous leurs yeux, comme au ralenti : les invités sont entrés dans la galerie sans qu'on leur indique leur place, et ils se sont installés là où ils le désiraient, sans respect du protocole. Bernadette Chirac était éberluée : « Dites-moi, il y avait une personne qui m'accompagnait, pourquoi n'est-elle pas à mes côtés ? Il y a des gens bizarres à la table d'honneur. » Le partenaire de la soirée, professeur émérite, s'est retrouvé en bout de galerie, entouré de quidams. Son mécontentement se faisait de plus en plus tonitruant : il a fallu révéler le pot aux roses à la première dame, qui s'est levée aussitôt, marchant en direction du scandalisé. « Comme vous nous faites l'immense honneur d'être parmi nous ce soir, je voulais vous proposer de profiter de votre passage à Paris pour venir demain à l'Élysée évoquer vos grands projets. » Elle était en pleine improvisation, mais cela a fonctionné, le partenaire s'est rassis et n'a plus causé de vagues. Le placement peut rendre fou lorsqu'on se laisse envahir ; un échec menace de tout faire dérailler. Il fallait bien le tact et l'élégance d'une grande dame pour rattraper ce désastre *in extremis*. Je ne redirai jamais assez combien l'anticipation est essentielle pour être en capacité, le moment venu, de faire face aux obstacles (et il y en a toujours), en toute sérénité.

Une prompte installation des convives dès leur arrivée est donc primordiale. S'il s'agit d'un dîner privé, l'amphitryon peut indiquer les places lui-même, ou déposer un bristol sur la serviette, contre le verre, ou à sa base (en étant attentif à ce que personne ne les permute dans son dos… La pratique est plus courante qu'on ne le pense). Jusqu'à dix ou vingt personnes, on préparait à certaines époques un plan dessiné de la salle, afin que les convives sachent dès leur arrivée où ils sont assis.

J'aime parfois utiliser des maroquins, disposés sur une table près du vestiaire, à consulter avant de saluer les maîtres de maison. Au-delà de vingt personnes, les gens risquent d'oublier leur placement. On imagine alors un système de double bristol. Nous avons pris l'habitude d'imiter, avec sa permission, le système de Philippine de Rothschild, qui est une tradition de Mouton : les bristols au nom des convives sur lesquels figure le numéro de leur table sont classés par ordre alphabétique dans de grands caissons en bois, comme des boîtes à trier le courrier. Près de mille deux cents noms peuvent être glissés dans cette réalisation du menuisier de Mouton (nos répliques, que nous emmenons partout, ont été fabriquées par le jardinier d'Anne). À l'entrée du dîner, les hôtes d'accueil remettent aux convives le bristol précisant leur table (par un numéro, un nom de pays, un nom de fleur accompagné d'une pastille de couleur en fonction du nombre de salles…). Il y a parfois deux entrées, une paire et une impaire, comme au théâtre, pour faciliter l'accès de tous, sans perte de temps. Il arrive même qu'on imprime un petit plan de salle qu'on distribue aux arrivants, en échange de la carte d'accès qui leur a été envoyée par courrier avec le pour-mémoire. Un ultime carton à leur nom, adossé au verre, leur indiquera leur place. Gérer les invités, pour qu'ils se sentent bien accueillis, c'est aussi parfois gérer les foules, il faut être méthodique. Il n'est rien de pire que de ne pas les voir arriver. Un défilé

Capucci donné à l'ambassade d'Italie a dû une année se passer de convives : des manifestations rue de Grenelle avaient forcé les policiers à bloquer la rue du ministère du Travail. La présentation des pièces de la collection a malheureusement eu lieu devant les quatre personnes qui avaient réussi à passer.

Dès que chacun a pris place, je scrute la salle de mes yeux de lynx. Quelque chose ressort de la façon dont les gens bougent, des échos de leurs conversations. Mon radar m'indique les zones de turbulences naissantes. Je me déplace immédiatement : je demande si tout va bien, je vérifie que les invités sont bien servis, parfois je leur parle un moment pour les divertir. Avec les placements, il est difficile de ne fâcher personne : certains sont dépités de n'être pas plus proches de la table d'honneur, ou loin d'un ami. Certains se retrouvent dans un courant d'air... Nous avons aussi un public exigeant ! Mais je ne perds jamais mon calme, je reste courtoise, et je souris, j'essaye d'arranger les choses, en toute diplomatie. Le bonheur du convive avant tout.

On sent parfois un remous, une vague qui enfle. La salle ondule de manière inhabituelle, le navire tangue... Ce fut le cas lors du dîner inaugural de l'exposition sur les Tables royales d'Europe dans l'Appartement du Roi à Versailles, en 1993. Pour s'acquitter du coût mirobolant des guerres de l'Ancien Régime, les monarques français se sont défaits progressivement de leurs prestigieux couverts, et la plupart des pièces, même celles de l'orfèvre et argentier François-Thomas Germain, ont fini dans des cours étrangères, au Danemark ou au Royaume-Uni. Le Grand Couvert du Roi était constitué d'assiettes en or aux armes du roi (vendues en 1709 pour la guerre de succession d'Espagne), de plats en argent (disparus au XVIIIe siècle) et de corbeilles en vermeil. Ils ont été remplacés par des assiettes en porcelaine et en faïence, avec des couverts en métal. Nous avions reconstitué pour le dîner de véritables tables de monarques, conformes à celles de l'exposition, avec verrerie et argenterie d'époque. Les grandes serviettes damassées blanches provenaient des manufactures des Flandres. On avait disposé des surtouts qui rappelaient le « cadenas du roi », comprenant sucrier, poivrier et huilier. Les plats eux-mêmes étaient à la mode d'Ancien Régime : un ragoût d'écrevisses de Marly, un Ros-de-bif d'agneau cuit à la manière d'un chevreuil, une salade mélangée du Potager du Roi aux fleurs de capucine, une passion à la pistache inspirée par Marie Leczinska, l'épouse de Louis XV. Dans chacun des deux salons situés au-dessus de la chapelle, le Salon du Grand Couvert ainsi que le Salon de l'Œil-de-Bœuf, l'un présidé par la reine de Danemark et le mécène Bernard Arnault, l'autre par le prince Henrik et Bernadette Chirac, une grande table d'honneur ovale de vingt invités avait été installée, entourée de tables rondes de dix personnes. C'est autour de la reine que j'ai senti le maelström grandir : tous les invités s'étaient levés ! Que se passait-il ? Sa Majesté s'était cogné le genou contre le pied de la table ! Je me suis crue Vatel à Chantilly ! Chaque invité s'est aussitôt décalé d'un siège pour que la reine n'ait pas les jambes entravées. Un pied de table peut paraître bien futile, mais les relations ne tiennent parfois qu'à cela.

Il est des batailles, comme celle-ci, que je me rejoue régulièrement en esprit. Aurait-il mieux valu placer tel invité à cet endroit ? N'aurais-je pas dû changer de président de table ? Je m'interroge toujours sur certains choix. Prenez le protocole du mariage du prince Albert II, à Monaco. Je me suis toujours demandé s'il n'y avait pas eu une erreur dans le placement du dîner, le soir du mariage, sur les terrasses de l'Opéra. Étaient présents à la table d'honneur le prince Albert, son épouse Charlène, ainsi que les deux parents de la mariée. Le père doit être normalement à droite de sa fille, ce qui était le cas. À gauche du marié, on place traditionnellement la mère de l'époux. Grace de Monaco étant décédée, la femme la plus importante dans le protocole était sa sœur, la princesse Caroline. Or, nous avons placé la mère de la mariée à ses côtés. Était-ce une erreur ? Ni le chambellan du prince ni l'ancien chef du protocole de l'Élysée qui nous avait aidées pour les placements n'ont invalidé notre proposition.

Peut-être était-ce par courtoisie que nous avions placé la princesse Caroline entre le roi Albert de Belgique et le grand-duc de Luxembourg ? J'en ai encore des angoisses rétrospectives : théoriquement, cela semble une erreur. Était-elle passée inaperçue ? Peut-être pas.

6

La table est un tableau

Une table ronde de dix personnes, recouverte d'une nappe ancienne brodée, qui laisse apparaître une sous-nappe d'un vert très doux, presque Véronèse. Un bouquet aux proportions harmonieuses déploie ses ailes d'anémones Mona Lisa, de tulipes, d'iris et de pois de senteur. Muscaris et myosotis aux teintes bleu clair s'épanouissent dans de petites timbales ; des fruits confits garnissent des ramequins en porcelaine. Les couverts sont en argent, les verres soufflés. Les assiettes anciennes datent du XVIIIe siècle. Signées de la manufacture du duc d'Angoulême créée en 1781, elles nous ont été prêtées par le collectionneur Hubert de Vinols. Les illustrations des frises représentent des branches aux fleurs tressées, le marli est d'or. Autour de la table sont placées des chaises de concert en bambou naturel. Non, ceci n'est pas une nature morte, il s'agit d'un tableau bien vivant, en trois dimensions : la décoration de notre Cène à nous. Étonnamment, notre dernier événement avant le confinement de mars 2020 a été un déjeuner dans le vestibule du musée Nissim de Camondo, au bas de l'escalier d'honneur, donné par Mr et Mrs Stephen Schwarzman, grands mécènes américains des Arts Décoratifs de Paris. Surveillées par la statue de marbre blanc représentant Vénus et l'Amour, baignées par la lumière du jour, quatre tables rondes, toutes dressées avec le même soin, ont donné vie à cette magnifique salle carrelée de marbre alterné noir et blanc. Je contemple encore parfois des photos de ce déjeuner, prises avant l'arrivée des convives. Ne nous rappellent-elles pas que tout ce que nous faisons est éphémère ?

N'a-t-on pas coutume de parler d'« arts de la table » ? Il n'existe aucun équivalent de cette formule dans d'autres langues, à croire que ce savoir-faire nous est propre. Une table réussie a toujours une cohérence, une mise en harmonie de ses constituants, du décor aux couverts. Rien ne doit être oublié, car cet art est total. Pour atteindre l'effet le plus convaincant, on choisira un thème dominant ou une couleur forte, en accord avec l'ambiance de la pièce. On composera alors un tableau de maître, florentin dans les lignes, vénitien dans les couleurs.

La table est en France affaire de tradition. Recevoir avec raffinement est dans notre culture. Comme chacun sait, Louis XIV et son contrôleur général des Finances Colbert ont institué les conditions d'un artisanat du luxe proprement français. Fâchés de voir les courtisans se servir chez les artisans étrangers – à Venise et à Murano pour les miroirs et les verres, en Hollande pour les faïences –, ils ont mis en place un ambitieux plan de développement de l'industrie française, en commençant par débaucher les ouvriers européens pour mettre fin aux importations. Ils ont par la suite instauré un monopole industriel grâce à des établissements de droit public, les manufactures royales d'élite. Celle des Gobelins, spécialisée dans les tapisseries, ouvre la voie en 1663. Vient ensuite la Manufacture des Glaces en 1665, acte de naissance de Saint-Gobain, où ont été produits les miroirs qui forment la galerie des Glaces de Versailles : aucun Européen ne s'était encore vu en pied. L'industrie du luxe était alors un enjeu de pouvoir. En 1667 naît la « Grande Fabrique de la Soie » lyonnaise et son travail si minutieux, auquel Yves Saint Laurent et tous les grands couturiers français ont eu recours pour leurs créations de haute couture. Les porcelaines de Limoges, éclatantes de blancheur, apparaissent à la fin du XVIIIe siècle. Mme de Pompadour souhaitait reproduire la porcelaine dure des services qu'elle avait fait rapporter de Chine. Elles constituaient à l'époque une énigme : très résistantes, elles étaient pourtant presque translucides (j'ai pu en contempler dans les musées de la Cité interdite ; elles resplendissaient sous l'éclairage velouté, avec leurs dessins représentant les fleurs roses des amandiers de Chine). Par hasard, on avait découvert à Saint-Yrieux, près de Limoges, un kaolin très blanc qui a permis d'émuler les productions chinoises, et de faire concurrence aux porcelaines de Meissen, en Saxe. La manufacture royale s'est par la suite installée à Sèvres, où on produit des porcelaines plus fines encore. Leurs frises sont d'une élégance sans nom, souvent à dessins d'or. Les couleurs étaient prodigieuses, du bleu lapis-lazuli au bleu céleste, en passant par le rose Pompadour. Ces porcelaines ont rapidement été associées aux manières de table françaises et se sont diffusées dans toutes les cours d'Europe.

J'ai un faible pour les services de famille, qui nous rappellent aux raffinements d'antan, ces pièces de valeur qu'on aime à exposer sur les vaisseliers, comme des trésors. La belle vaisselle réchauffe le cœur ; elle réchaufferait même par magie les plats les moins réussis. Au-delà de cinquante invités, il devient difficile d'utiliser des assiettes anciennes, tout comme il est rare d'avoir toutes les pièces d'un même service. Aussi nous limitons-nous souvent aux assiettes de présentation. Lorsqu'elles sont trop prestigieuses pour soutenir les assauts des coups de fourchette, même parmi les plus délicats, elles sont retirées par le maître d'hôtel au moment de l'entrée, sauf s'il s'agit d'un potage (on superpose alors les deux assiettes). À défaut de belles pièces, nous louons la vaisselle à des prestataires, en mettant plutôt l'accent sur les fleurs ou les nappes. Toute table qui se respecte aura au moins un élément susceptible d'arracher un petit cri d'admiration aux invités.

Certains collectionnent des tableaux, des sculptures, des livres rares, je collectionne pour ma part des pièces d'arts décoratifs. Je n'ai conservé que deux petites assiettes de la dînette de mon enfance. Elles sont les reliques de la naissance de ce goût. Je possède aujourd'hui le service de ma famille, en faïence française du XIXe, blanc et vert, estampillé Montereau. Dans des scènes paysannes pleines de gaieté, on joue de la guitare, on danse, on se séduit. Pour un dîner organisé dans le salon en rotonde du musée Jacquemart-André, de cinquante personnes, j'avais prêté en guise d'assiettes de présentation les cinquante assiettes en ma possession (il ne fallait pas dépasser d'un convive !). Par amour des tableaux de Claude Monet et de sa maison de Giverny, j'ai décidé de collectionner le service en faïence « Japon », de Creil-Montereau (les deux manufactures de faïence, créées au XVIIIe siècle, respectivement dans l'Oise et la Seine-et-Marne, ont fusionné en 1840). Je l'ai déjà prêté ainsi que des pièces de forme, celles-là mêmes qui se trouvaient sur certains tableaux du maître, lors d'un anniversaire organisé dans la salle des Monet du musée Marmottan. Mon rêve serait de reproduire à l'identique un de ses tableaux, dans la salle à manger de Giverny ; on me l'a promis, j'espère pouvoir un jour réaliser ce souhait. Pour servir le thé et le café, j'utilise des services anglais en porcelaine de Minton. Ils sont à la mode chinoisante du XIXe siècle, tous faits à la main. Les joyaux de ma collection sont vingt assiettes d'un service de Sèvres, bleu et rose, intitulé « Feuilles-de-Choux », représentant de petits bouquets bleus et roses d'où sortent de fines crosses de fougères qui s'étendent vers le centre. La première fois que je les ai vues, je ne revenais pas de l'émotion qu'elles m'avaient procurée. Le collectionneur Dimitri Mavrommatis me les a offertes à la suite d'un dîner que j'avais organisé pour lui, donné exclusivement dans ce service.

Les ventes Sotheby's au cœur de la galerie Charpentier du Faubourg Saint-Honoré sont une occasion en or pour utiliser de prestigieux services. La veille de la vente Ribes, nous avions préparé un dîner pour lequel on avait reconstitué la salle à manger de la rue de la Bienfaisance. La comtesse nous avait prêté ses nappes en damassé rouge et ses porcelaines de Meissen. Pour la vente de Pierre Bergé, un an plus tôt, les services utilisés étaient ceux qui allaient être dispersés : chacune des longues tables, comportant près de vingt couverts, était placée sous le signe d'une de ses maisons. Une consacrée à son appartement parisien, avec des assiettes en porcelaine du XVIIIe siècle, issues de la dynastie Qing de Chine. Une soupière en forme de chou de la faïence de Saint-Omer trônait au milieu de la table. Pour la villa Mabrouka de Tanger, nous avions disposé des fruits exotiques, ananas et grenades, autour des assiettes qui représentaient des oiseaux rares. La table dédiée au mas Théo de Saint-Rémy-de-Provence était parsemée de bouquets d'épis de blé, avec des céramiques provençales. La dernière table reprenait la décoration de la datcha normande de Château Gabriel, près de Deauville, décorée par Jacques Grange sur le thème des Ballets russes, en reproduisant des toiles de Léon Bakst. Pour rappeler l'univers de François-Xavier et de Claude Lalanne, nous avons utilisé une vaisselle portugaise de barbotine verte. Les soucoupes à pain prenaient la forme de feuilles, chacune avec son insecte : une cigale, une coccinelle, un petit ver, une abeille… Les serviettes étaient brodées avec des papillons en fil d'or. La vente Jacques Grange a été quant à elle plus moderne d'esprit : on avait reproduit le tableau à rayures vertes et blanches de Daniel Buren qui était dans la vente sur de petits cercles en chocolat à déguster avec le café.

Le dressage des tables commence plusieurs heures avant l'arrivée des convives. On placera à l'extérieur les couverts dont on se sert en premier, puis ceux du plat principal, sans confondre les couverts à poisson, ceux à fromage ou à fruits. Après utilisation, un couvert ne doit plus retoucher la nappe : il sera déposé dans l'assiette et débarrassé avec celle-ci. Les couverts à dessert, traditionnellement une fourchette à entremets et non une cuillère (on trouve fréquemment les deux), seront disposés entre l'assiette et les verres. L'usage français veut que les couteaux ou la cuillère à potage soient placés à droite, les fourchettes à gauche. Leurs pointes seront appuyées contre la nappe, et les armes de la maison ciselées au dos. Chez nos amis anglais, les armes sont gravées de l'autre côté, et les pointes de la fourchette regardent le ciel. Cela peut sembler un détail, mais il s'agit là d'un signe révélateur de la qualité d'une réception.

Nous savons depuis le festin de Balthazar, mythique table babylonienne constituée de pièces volées dans le temple de Salomon, que l'argenterie est sacrée. Nos orfèvres français les plus réputés, Christofle et Puiforcat, ont créé des couverts tantôt classiques – des imitations Louis XV ou Louis XVI –, tantôt modernes, avec des accents Art déco. J'ai entendu à ce sujet une anecdote des plus invraisemblables. Lors d'un dîner à l'Élysée, le chef du protocole a été alerté par un maître d'hôtel du vol d'une des cuillères d'un service historique du palais, le service Puiforcat instauré par Vincent Auriol en 1945. D'inspiration Régence, il en existe une version en finition vermeille, qui était celle utilisée ce soir-là. Comment récupérer la cuillère sans mettre en défaut le convive par une situation embarrassante ? Au moment où les invités se lèvent, le chef du protocole s'écrie : « Donnez-moi tout de suite une cuillère », avant de foncer à la rencontre du coupable. Il s'est approché de lui, a sorti la cuillère de sa poche et lui a murmuré : « On a été repérés, rendez vite la cuillère. » Quelle remarquable astuce de s'être mis dans la peau d'un complice ! L'invité est reparti sans son larcin, laissant le service Élysée vermeil au complet.

On associe fréquemment les verres en cristal de Baccarat à l'élégance française. La manufacture royale de la cristallerie a été établie en 1764 à Baccarat, en Lorraine. Le service le plus fameux est le Harcourt, utilisé par Napoléon III. Sa beauté translucide, sculpturale (on dirait les verres taillés comme des diamants), est à même de faire ressortir toutes les finesses des robes des vins. La manipulation des verres anciens est néanmoins compliquée, au point qu'il soit rare que nous les utilisions. Le calice du verre à vin sera de toute façon transparent : on ne voudrait pas dénaturer la couleur des précieux nectars. Le gobelet à eau peut, quant à lui, être plus fantaisiste. Du centre vers la droite, on disposera d'abord un verre à eau, qui peut être une timbale, puis le verre à vin rouge qui précède le verre à vin blanc. Il est de plus en plus rare qu'un verre pour l'entremets soit déjà sur la table ; si le dîner se clôt avec du champagne, la coupe sera apportée à la fin, mais il convient plutôt de le consommer en apéritif avec les autres convives. Dans les maisons privées, digestifs, café et tisane se boivent au salon. Le dessert reste la plupart du temps la note finale des dîners que nous organisons.

Tout ce couvert ne saurait être complet sans une belle nappe, blanche pour les dîners de tradition, afin de sublimer le travail de la table. Elle peut aussi être brodée : en vue d'un mariage princier, nous avions fait broder des épis de blé sur une nappe de lin beige, rappelant les bouquets de blés dorés qui décoraient la salle. Pour nos maharadjahs du Grand Palais, nous avions confectionné un damassé blanc écru spécial, avec des motifs floraux baroques tissés et satinés en relief, comme sur les tapisseries. Selon les circonstances et les accords majeurs de la décoration, la nappe peut aussi être de couleur, ou fleurie. Il est même de plus en plus fréquent chez les particuliers, surtout au déjeuner, de ne plus disposer de nappe. Pour les Bals de la rose organisés à Monaco, nous nous sommes efforcés chaque année de créer les nappes les plus appropriées aux thèmes choisis : Cuba, Afrique, Art déco… les idées n'ont jamais manqué. Karl Lagerfeld en a dessiné certaines, leur conférant un cachet singulier. Après chaque édition, la princesse de Hanovre les recycle pour les vendre à la boutique du Rocher, au profit de la fondation Princesse Grace. En 2020, elle a même fait réaliser des masques avec les restes des nappes Sécession viennoise de 2017 que Karl avaient composées. C'était lui qui avait conçu la robe de la princesse, inspirée d'un tableau de Klimt.

Pour le confort de la table, il ne faut pas oublier de glisser d'abord une sous-nappe ou un molleton. Le repassage des nappes est tout un art ! Je revois encore les lingères de l'Élysée travailler avec grand soin. Les sets de table seront prohibés des dîners d'apparat ; on les utilisera uniquement à même une table en bois. En paille, en lin, il en existe de toutes les façons. Leur usage évoque plutôt les dîners à la campagne, comme les assiettes dépareillées, qui peuvent avoir un charme pittoresque. Je repense à ce mariage à la campagne, où nous avions utilisé des assiettes et nappes anciennes, toutes différentes, pour donner l'impression que tout sortait du grenier.

Ah, les nappes… Avec les années, j'ai commencé à les collectionner, sous l'impulsion de Karl, qui était un boulimique de linge ancien. Lorsque j'habitais une charmante maison de vacances à Biarritz, non loin de celle du couturier, nous faisions notre marché chez l'antiquaire Fripounette à Saint-Jean-de-Luz. Et quand il s'agissait de les utiliser, il s'écriait : « On va sortir le trousseau de la mariée ! » Avec Anne et Céline, nous avons constitué pour le bureau notre propre petit nécessaire de linge prêt à l'emploi, comme celui des futures mariées d'antan. Le trousseau était confectionné dès la naissance de la jeune fille par les femmes de la maison ; on brodait ses initiales aux coins des tissus. La blancheur, la pureté, le soin du trousseau indiquaient le tempérament de la future maîtresse de maison, ainsi que le raffinement de son éducation. Cette pratique est tombée en désuétude, mais notre trousseau chiné sert en toutes occasions : certaines nappes de notre déjeuner à Camondo en sont issues. Peu de nappes peuvent se targuer d'avoir autant voyagé !

Les serviettes de table seront choisies en accord avec la décoration, de préférence en lin ou en coton. Il n'y a pas de règle universelle quant à leur disposition sur la table. L'usage change selon les maisons : à gauche de l'assiette, à droite, ou alors dans l'assiette (surtout pas dans les verres, comme on le fait au restaurant). Il existe un nombre infini de manières de plier les serviettes, les friser, les bâtonner… Chez la comtesse de Ribes, les serviettes de lin blanc sont mises selon une pliure traditionnelle – le pain est glissé à l'intérieur, sur un côté –, et déposées dans l'assiette. À Versailles, les serviettes continuent à être pliées d'après la tradition de Louis XIV. Je me querelle régulièrement avec les maîtres d'hôtel qui entendent recouvrir nos tables de petites soucoupes à pain. Il n'y en avait pas dans les services anciens. Je leur préfère les corbeilles en paille, qui évitent l'usage d'un couteau spécial. Salières et poivrières devront dans tous les cas quitter la table après le fromage.

Le soir du dîner, on règle la décoration avant de mettre le couvert. Les assiettes se placent à trois centimètres du bord de la table, et on veillera à laisser environ quarante centimètres entre elles. Les tables d'Ancien Régime étaient décorées de surtouts, ces pièces décoratives en forme de sculptures, de porcelaine ou d'argent, gages de richesse. Ils sont un peu surannés ; mais d'autres objets de collection feront merveille, qu'ils soient trésors d'antiquaire, ou pièces de forme distinguées (ce sont les contenants qui ont une fonction précise, tels les saladiers, les soupières, les moutardiers ou les saucières). Les tables rectangulaires peuvent être recouvertes de chemins de table, brodés ou à dentelles. Le dessous-de-plat sera réservé aux repas de famille conviviaux, lorsque le service est assuré par l'un de ses membres qui se dévoue. Le placement du menu dépend des habitudes de la maison. Nous le disposons de préférence à droite de l'assiette, mais il peut aussi être à gauche, ou contre le verre à eau, si cet emplacement n'est pas déjà tenu par le bristol au nom du convive.

Il reste pour finir un élément essentiel à l'harmonie d'une table : les fleurs. La Parisienne en moi n'oublie jamais les souvenirs fleuris de son enfance magdunoise.

Le bon goût veut qu'on allie des couleurs simples, dans des combinaisons élégantes. Certains fleuristes-stars nous embarrassent avec leurs extravagances. Tout est affaire de proportions. Les compositions florales ne doivent pas masquer, mais sublimer, en évitant de déborder sur les verres. Une senteur trop prononcée éclipserait le goût des mets, ou contrarierait les arômes des vins. Le chef Arnaud Donckele, à la tête du restaurant de l'hôtel Cheval Blanc à Paris, avec qui nous avons travaillé au château d'Yquem, aime à parer la table de petits bouquets d'herbes aromatiques. À l'occasion de la signature du livre *Princesse et rebelle* d'Ira de Fürstenberg, nous avions préparé des pyramides de mandarines épluchées, relevées de figues et de feuilles pour le contraste, dans des coupes en porcelaine. Les chandeliers étaient des compositions de fleurs et de mousses. Le couvert était d'argent, tout comme les assiettes, aux reflets lumineux ; les trois verres avaient leur cristal finement sillonné. Le tout sur des nappes du trousseau, naturellement.

« Une table sans fleurs est l'équivalent d'une journée sans soleil », affirme le critique d'art Waldemar-George. Les fleurs nous rappellent les peintres modernes, Auguste Renoir, Odilon Redon, ou Matisse. Elles nous interrogent par leur cortège de symboles. Lorsqu'il nous arrive d'organiser le dîner d'ouverture d'expositions de grands musées parisiens, nous aimons accorder le décor et les fleurs aux motifs et à la gamme chromatique du peintre en question, pour immerger les invités dans l'univers des tableaux. Blé et soleils à la Van Gogh, verdure foisonnante et palmiers pour le Douanier Rousseau.

La maison Dior nous a confié en 1996 l'organisation et la coordination avec le Metropolitan Museum of Art de New York du traditionnel dîner au profit du Costume Institute du MET. L'exposition annuelle célébrait le cinquantième anniversaire de la maison de couture, principal mécène de la soirée. Il avait été décidé que la présidente du gala serait Liz Tilberis, rédactrice en chef anglaise du *Harper's Bazaar* américain. Cela permettait de faire le lien avec Carmel Snow, rédactrice du *Bazaar*, qui, en 1947, après avoir vu la première collection de Christian Dior, s'était exclamée : « *It's such a new look !* » C'est d'elle que nous tenons l'appellation « *new look* » utilisée pour décrire les créations du couturier, qui avait eu l'honneur d'habiller la princesse Margaret. Tout concordait pour faire de ce gala une parfaite association des modes française, britannique et américaine. La princesse de Galles, tout juste divorcée du prince Charles, était l'invitée d'honneur du dîner, sur une idée de Liz Tilberis qu'elle connaissait bien. Elle est arrivée dans une robe créée par John Galliano spécialement pour elle – la première du Britannique en tant que directeur artistique de Dior –, en soie bleu nuit, avec de la dentelle noire. Un magnifique collier de perles assorti d'un énorme saphir complétait l'ensemble. Le Tout-New York (de grandes dames comme Nan Kempner, Veronica Hearst, Oscar et Annette de la Renta, la mannequin Iman, Bianca Jagger...) n'avait d'yeux que pour elle. Claude Pompidou et Bernadette Chirac avaient accepté l'invitation de Bernard et Hélène Arnault afin d'honorer par leur présence l'élégance française. Un petit dessin de Bérard nous avait inspiré le décor, réalisé avec l'aide de la société de production de François Marcadé, ainsi que le décorateur Pierre Attrait. Il représentait une silhouette habillée d'un tailleur Bar et d'une jupe corolle, en face de l'immeuble mythique de Dior. Une bâche monumentale recouvrait les murs de la cafétéria, donnant l'impression d'être avenue Montaigne. Les tables étaient décorées à la française, avec des assiettes blanches finement serties de brins de muguet, la fleur préférée de M. Dior. Ce symbole a été notre ligne directrice : les bouquets étaient constitués de muguet qu'on avait fait pousser dans des serres (en plein mois de décembre ! Le gala n'avait pas encore lieu le premier week-end de mai, tradition instituée par Anna Wintour, devenue depuis la présidente de l'événement), de roses blanches et de feuillages moussus. On avait brodé la fleur fétiche sur les nappes et les serviettes (certaines dames étaient parties avec). Le menu était typiquement français, préparé avec le concours du traiteur parisien Potel et Chabot. À deux pas de là commençaient les travaux pour la construction de la tour LVMH, qui se sont achevés en 1999. L'inauguration s'est faite en présence de Hillary Clinton, en face de la tour, dans l'immeuble d'IBM, qui disposait d'un immense patio. Le long de la façade, nous avions fait descendre une vaste traîne de cent mètres, inspirée d'une robe de John Galliano. L'architecte du bâtiment était français, Christian de Portzamparc, et son projet, avec ses façades anguleuses tout en vitres bleutées, avait beaucoup impressionné. Quatre siècles après Louis XIV, notre art de vivre continuait à s'exporter.

On choisira enfin un éclairage adéquat, feutré de préférence, qui mette en valeur la table comme les convives. Quand cela est possible, j'aime utiliser des chandeliers : la lueur des bougies est romantique, elle donne son *sfumato* final au travail de table. Les bougies me rappellent les teintes douces des nature mortes, bien qu'il soit interdit de les utiliser dans les musées. Il en existe aujourd'hui des fausses, munies de LED, qui font un effet similaire (les pompiers d'un musée s'y sont un jour trompés !). La bougie est bien souvent en peinture un symbole du périssable. Tout ce que nous faisons est éphémère, et brillera uniquement l'espace d'un instant. Lorsque les convives partent, nous éteignons les bougies, nous enlevons les fleurs. Les plus tristes d'entre nous diront qu'il s'agit d'une vanité baroque. J'y vois plutôt une profession d'épicurisme, une explosion de couleurs certes fugitive, mais qui nous rappelle que nous devons profiter des bonnes choses. Un dîner réussi restera dans l'esprit des convives bien après sa fin.

Il est triste d'avoir à débarrasser une belle table avant que les convives aient eu le bonheur de s'y installer. L'après-midi du 11 septembre 2001, j'étais au bureau en train de régler les placements du dîner de l'exposition Dubuffet au Centre Pompidou : six cents invités, dont les prêteurs, des collectionneurs américains pour la plupart. Anne était déjà dans le forum pour gérer l'ensemble des équipes techniques. Fallait-il maintenir la soirée ? Au moment où j'ai allumé la télévision, la deuxième tour commençait à tomber. Bernadette Chirac, retirée dans ses appartements, n'avait pas encore été mise en courant. Quand l'ambassadeur des États-Unis a appelé pour décommander, j'ai compris que les choses étaient graves. Appel après appel, je barrais les noms des gens qui se décommandaient. Au terme d'une heure de tractations avec Jean-Jacques Aillagon, directeur du musée, et Bernard Arnault, nous avons été obligés d'annuler. La chaîne du froid était déjà rompue, la nourriture sortie des réfrigérateurs. En urgence, Anne et le traiteur ont dû trouver, avec le concours de la fondation Pompidou, des organismes de la Ville de Paris auxquels donner les plats. Les fleurs ont été offertes à des hôpitaux. Au cas où certains invités n'aient pas eu le message à temps, nous nous sommes rendus sur les lieux du dîner. Personne ne s'était déplacé.

En novembre 2015, ce fut l'inverse : j'étais à New York, le vendredi soir du Bataclan. Comment tout cela pouvait-il recommencer ? Mon téléphone était sur silencieux le temps de finir les placements du dîner qui devait avoir lieu autour du temple de Dendour du Metropolitan Museum de New York, à l'occasion de l'exposition sur Jacqueline de Ribes, « The Art of Style ». Quel choc d'apprendre que Paris avait été la cible d'attaques odieuses. J'ai quitté au plus vite les bureaux de Dior. Dans la rue, les gens venaient à ma rencontre quand ils voyaient que j'étais française, pour me témoigner leur soutien. Une fois rentrée à l'hôtel, j'ai aussitôt pris des nouvelles de mes proches. Comme tous les New-Yorkais étaient partis pour le week-end, je suis restée seule à décommander les invités depuis ma chambre. J'ai organisé en dernière minute un petit dîner de cinquante personnes à l'hôtel Mark, pour ceux qui avaient déjà effectué le déplacement. Lorsque cela est de bon ton, il peut être possible et souhaitable de maintenir la soirée : elle rapprochera les gens et leur offrira un refuge. Le lendemain de la mort de Jacques Chirac, nous avons décidé de ne pas annuler le dîner en l'honneur du maharadjah d'Indore, au musée des Arts Décoratifs, par respect pour les personnalités d'Inde qui s'étaient déplacées, dont le fils du prince. Nous avons tout de même observé une minute de silence. Aujourd'hui plus que jamais, je me réjouis d'organiser chaque cérémonie comme si c'était la dernière : chaque dîner est un instant précieux, une œuvre d'art fugace qu'il faut chérir.

Certains la fixent grâce à des photographies, publiées ensuite sur les réseaux sociaux. J'avais auparavant l'habitude de tenir des albums, ou alors de constituer des *scrap books* des événements les plus importants à mes yeux. Aujourd'hui, j'aurais plutôt tendance à poster un cliché sur Instagram. Je me souviens encore du jour où j'ai pris la mesure du phénomène, en 2015, lorsque son fondateur Kevin Systrom a été accueilli à Paris en pleine Fashion Week. Nous avons organisé, avec William Lambourg, un dîner dans l'atelier de Jean-Paul Gaultier pour présenter au milliardaire de la Silicon Valley de grandes personnalités de l'élégance parisienne : Catherine Deneuve, Arielle Dombasle, Farida Khelfa ou l'étoile Dorothée Gilbert. Le rêve de Kevin Systrom était de rencontrer Karl Lagerfeld et d'être pris en photo à ses côtés : souhait réalisé ce jour-là, dans une rencontre inédite entre Paris et la Californie. Le soir même, j'ai inauguré mon propre compte avec cette photographie, et je n'ai cessé de publier depuis. Je suis toujours étonnée de voir à quel point les décorations de table plaisent à mes abonnés. Durant la troisième semaine du premier confinement de 2020, je me suis laissé tenter par le concours du compte *WawwLaTable*, créé avant le confinement et devenu depuis une plate-forme illustrant la noblesse des arts de la table, qui devait élire la plus belle décoration de la semaine. J'étais un peu inquiète : si je perdais, que penserait-on d'une organisatrice de ma trempe ? Je suis très heureuse d'avoir gagné, ce qui nous a donné des idées. *WawwLaTable* me sollicite depuis pour donner des conseils en arts de la table à des particuliers, grâce à des visioconférences, signe de l'engouement de nos contemporains pour la beauté d'une table. Nombreux sont aujourd'hui les comptes d'influenceurs dans ce domaine. Cela va aussi avec l'époque : comment mieux nous réunir après tous ces mois de séparation qu'autour d'une table ?

7

Anneaux, gâteaux et rubans

« C'est bon, Françoise, à présent, tu peux te détendre. Admire le spectacle », me soufflent Anne et Céline. Elles ont raison, maintenant que tout le monde est à table, il faut en profiter. Je n'avais jamais vu autant de diadèmes au mètre carré. Tous réunis sur l'infrastructure titanesque que nous avons fait monter au premier étage de l'opéra de Monaco, devant la Méditerranée. Dans la douceur estivale d'une si belle soirée, je circule une dernière fois parmi les invités et j'admire le fruit de notre travail, avant de m'octroyer une récréation bien méritée dans une salle de l'Opéra où sont regroupés les aides de camp des familles royales. Rien n'avait été simple dans l'organisation du mariage princier d'Albert II de Monaco et de Charlène Wittstock, et pourtant nous y étions arrivées.

Le mariage est une des cérémonies les plus importantes de la vie. Elle est aussi peut-être la plus traditionnelle :

les prises de renseignements des parents, les fiançailles, l'envoi de la corbeille constituée de robes de satin, de velours, de dentelles… Tant d'habitudes désuètes qui faisaient du mariage l'apothéose d'une existence. Organiser un mariage revient à plonger dans l'intimité des familles. Nous savons par expérience que sa préparation est un parcours semé d'embûches. On nous demande à la fois de faire preuve d'un grand sens psychologique, de délicatesse, de doigté, mais aussi de nous effacer. Chaque famille est un petit royaume, défini par un protocole unique. À nous d'en découvrir les règles, et de les appliquer au mieux. Les vies de famille sont rarement simples, encore moins celles des familles recomposées, nombreuses à notre époque. Combien de fois avons-nous ménagé la mère et la belle-mère, la mariée et son père… ? Combien d'heures au téléphone pour trouver un compromis satisfaisant ? Seules notre habileté et notre bienveillance peuvent rassembler les individus. « Si tout s'est bien passé, c'est grâce à vous », dit-on souvent à Anne, qui, je dois le reconnaître, a une sensibilité et une poigne essentielles pour ce type d'événement. Certaines familles ont des idées très arrêtées, à la limite de l'impossible. Les différences de milieu entre les deux mariés compliquent parfois les choses (certaines personnes se sentent pousser des ailes). Nous sommes pris dans les tensions, dans les haines parfois. Il est triste d'avoir le pressentiment, dès les préparatifs, que certains mariages ne tiendront pas. Mais qu'y a-t-il de plus réconfortant qu'une union qui aura soudé les membres d'une famille ? Lorsqu'on nous demande d'organiser les futurs épisodes de son agrandissement, nous savons que nous avons réussi notre mission.

Le mariage classique se fait habituellement en une journée. D'abord le passage à la mairie, puis la cérémonie à l'église, le cocktail, le dîner et enfin la soirée dansante. Il est fréquent de nos jours de célébrer les mariages civil et religieux à des dates différentes. Le premier a lieu dans une grande ville, parfois une semaine ou un mois avant la célébration. Il arrive que nous organisions le cocktail qui suit, moment plus mondain que familial, parfois fantasque. Je me souviens du sol de la nef du musée des Arts Décoratifs recouvert d'une moquette rose fuchsia, sur laquelle un jardin inventé de toutes pièces avait été installé. On imaginerait difficilement un mariage sans jardin. C'est pourquoi la plupart ont lieu à la campagne, là où les familles ont une attache. Rares sont les mariages organisés à Paris ; le Bordelais et le Midi sont les destinations les plus prisées. Comme il est rare de trouver un endroit clos ou protégé assez grand pour satisfaire les ambitions de nos clients, nous sommes obligés d'installer des structures, tel cet écrin encastré dans la citadelle de Saint-Tropez, qui devait s'intégrer dans le paysage en étant le plus discret possible. Le portail d'accès étant trop petit, nous avons dû utiliser une grue pour faire passer le matériel, et le dîner s'était fait sur des gradins à trois étages – au fond, de grands miroirs reflétaient la mer –, avant un feu d'artifice au milieu de la baie. La boîte de nuit avait pris la forme d'une caisse insonorisée pour ne pas importuner les riverains. Tout devait être libéré le dimanche matin pour laisser l'accès aux visiteurs. À défaut d'une structure, il est toujours possible d'investir une vaste étendue, comme un bout de la plage de Ramatuelle.

Tous nos projets ne sont pas aussi faramineux, mais ils nous occupent toujours de nombreux mois. Après avoir bien compris ce que veulent les mariés, nous trouvons un lieu en accord avec leurs demandes, et nous leur présentons un projet contenant plusieurs propositions pour la tente et la décoration (fleurs, nappes, vaisselle, chaises...). Un test final a lieu, un vrai test où une ou deux tables sont dressées selon les différentes options, afin de faciliter le choix définitif.

Quatre jours avant la cérémonie, nous nous installons sur place pour accompagner le montage des structures et coordonner les prestataires. Nous venons avec notre matériel, dans des bureaux ambulants. Les membres des familles, anxieux et impatients, sont souvent très présents, ce qui peut s'avérer usant. Lorsque le mariage a lieu dans une demeure, il s'étend généralement sur trois jours (l'organisation doit bien sûr donner l'impression que tout a été fait maison). Le vendredi soir, les parents reçoivent les témoins et les amis proches pour un dîner informel. Nous profitons de ce moment pour régler les installations son et lumière. Quartier libre le samedi midi, avant le début des festivités millimétrées. Les invités viennent au brunch du dimanche avec leurs valises (bagagerie obligatoire ; nous avons pris l'habitude de garder un espace pour entreposer les nombreux cadeaux que reçoivent les mariés, et que nous devons souvent rapporter à Paris) et profitent de leurs derniers instants en compagnie des jeunes mariés.

La cérémonie religieuse est particulièrement compliquée à organiser. Que ce soit à Biarritz ou à Saint-Tropez, il faut convaincre le curé local de participer, surtout s'il ne connaît pas les mariés. Certains sont de plus en plus tatillons et refusent d'être les figurants d'une fête. Les mariés choisissent les textes lors de leur entretien avec l'officiant, de préférence le prêtre de la famille, et ils s'en remettent à nous pour la mise en pages du livret de messe. Son format variera en fonction du niveau de religiosité. Certaines familles ne sont pas très regardantes sur les textes de l'Évangile, c'est pour eux une formalité ; d'autres voudront les voir figurer *in extenso* (certains mariages se font même en deux langues). Tout ce travail est validé, à la fin, par l'officiant.

La tenue des mariés est plus libre aujourd'hui qu'aux siècles précédents. Tout dépendra du souhait des familles : cela peut être formel, avec l'habit ou le costume blanc. Les plus jeunes optent pour des solutions plus décontractées. Le thème appelle souvent une couleur, qui servira de *dress code*. Même si l'usage évolue, les mariées restent tenaces : l'époux ne doit pas voir la robe avant l'entrée dans l'église. Nous prévoyons chaque fois des paniers de ballerines et de châles : on n'est jamais à l'abri d'un vent coulis ou d'un terrain impropre aux talons aiguilles.

Il est toujours émouvant de voir le parvis de l'église se remplir d'habits de cérémonie, les convives tout sourires. Une fois qu'ils ont bien discuté, nous les faisons entrer dans l'église. Les premiers rangs sont réservés aux familles, à gauche celle de la mariée et à droite celle du marié. Ce dernier entre au bras de sa mère (ou de sa sœur, ou de sa grand-mère) qu'il escorte au premier rang, avant de se placer à droite du chœur. Le père de la mariée entre avec sa fille, précédée ou suivie des enfants d'honneur, qu'il accompagne jusqu'à son futur mari, avant de rejoindre sa place devant. Les deux futurs époux se retrouvent au centre, les témoins à proximité, si possible en arc de cercle autour des mariés, avec les enfants d'honneur, qui restent rarement immobiles. Le placement des familles recomposées est toujours compliqué en raison des tensions existantes et du nombre de personnes – certains mariages ont parfois des allures de vaudeville.

Pendant que les mariés signent le registre, nous faisons sortir les convives, afin qu'ils forment une haie d'honneur. Le jeter de pétales est mon moment préféré ! C'est plus raffiné que les grains de riz, qui sont désormais prohibés pour éviter le gaspillage. La liesse du cortège se poursuit jusqu'au lieu du cocktail, où les convives se rendent parfois en navette. Entre-temps, nous devons défaire les décorations et ramasser les pétales en quatrième vitesse : un autre mariage peut être prévu, et certains curés tiennent à leurs offices sans fleurs. L'habitude et la rigueur nous guident : nous chorégraphions tout à l'avance pour être certains de ne rien oublier. Quand tout est fini, nous repartons souvent pour Paris en camion, avec la robe de la mariée, les costumes, les cadeaux, les talons oubliés. C'est à ce moment que nous comprenons, à la fois soulagés et nostalgiques, que l'aventure commencée il y a plusieurs mois a pris fin.

Le prince Albert II de Monaco et Charlène Wittstock ont rendu leur union publique en 2006. Quatre ans plus tard, la future princesse consort s'est convertie au catholicisme en vue de son mariage. Nous n'étions pas à l'origine concernés par l'organisation des festivités, seulement consultés par le prince pour l'accueil des invités. Trois mois avant les noces, je me suis rendue dans la principauté, accompagnée d'Anne et de François Marcadé, pour régler des détails. Le projet de la cérémonie religieuse, qui devait avoir lieu dans la cour du palais, était déjà bien avancé. Le décor, la voilure de la cour ainsi que le dispositif de mondovision n'avaient pas encore été tranchés. Au détour d'une conversation, nous avons émis l'idée d'une terrasse bâtie à hauteur de l'Opéra, qui donnerait sur la mer, pour accueillir le grand dîner après la cérémonie. À notre grande surprise, le prince a adopté notre proposition, que nous avons dû mettre en œuvre deux mois et demi avant que le mariage commence ! C'était le compte à rebours le plus angoissant de notre carrière. Il fallait reprendre l'ensemble de la cérémonie ainsi que l'accueil des invités. Trouver comment (en plein été !) rendre les allers et retours confortables entre le palais princier, sur le Rocher, et la partie basse, Monte-Carlo, où se situent l'Opéra ainsi que les grands hôtels où résideraient les convives – l'Hermitage et l'Hôtel de Paris. Une collaboration étroite entre le colonel Luc Fringant, commandant supérieur de la force publique, et le lieutenant-colonel Philipponnat, chargé de mission auprès du prince, était nécessaire pour convoyer les chefs d'État jusqu'à la principauté et régenter les circulations, les autoroutes étant bloquées, et l'aéroport le plus proche se situant en France, à Nice. Le chambellan du prince participait à toutes les décisions et la princesse de Hanovre nous a guidés dans les méandres de la maison Grimaldi, afin de donner au mariage un aspect familial et chaleureux. C'est elle qui a eu l'idée d'utiliser les nappes, l'argenterie ancienne et les assiettes du palais. Il nous fallait enfin une référence diplomatique, c'est pourquoi nous avons fait appel à Paul Poudade, ancien chef de protocole de l'Élysée.

L'expertise des transformations proposées n'a pas été d'emblée concluante. À partir de petits dessins, de croquis, d'un plan et d'un cahier de tendances, François Marcadé et ses équipes élaborent des dispositifs techniques dignes des plus grands spectacles. La question du budget est toujours centrale : il faut arriver à le comptabiliser de manière exacte, tout en étant certains de ne pas le dépasser. Beaucoup de corps de métiers sont nécessaires pour réaliser le rêve, du semi-remorque au talon aiguille. Il faut des infrastructures solides, ainsi que des personnels capables de réagir à la seconde près. C'est aussi cela l'artisanat français, car notre expertise est irremplaçable. Entrecoupé d'interminables réunions (nous avions même des bureaux dans le palais), le montage de la structure monégasque a duré deux mois, nécessitant près de cinq cents personnes. Les ingénieurs ont pris part à de nombreuses commissions de sécurité, car il n'y avait aucune norme en vigueur à Monaco pour ce genre d'événement, sauf pour le Grand Prix de Formule 1 : il fallait être certains de tout ce que nous faisions. Quand j'y repense, je me demande encore comment nous avons réussi à tenir le timing.

Nous avons débarqué sur place deux semaines plus tôt ; le mariage civil a eu lieu le vendredi 1er juillet, en tenue de ville et uniforme blanc, chapeau pour les dames. Le chambellan du prince a accueilli les invités à leur entrée dans la salle du Trône. Nous avons suivi la cérémonie à la télévision, pendant nos derniers préparatifs, car nous n'avions que le lendemain à organiser. Il avait été décidé que le samedi 2 juillet serait un jour férié (sauf pour nous évidemment). L'accueil des invités à la Porte d'Honneur devait commencer à 15 h 30. Toutes les royautés d'Europe étaient là ! Les familles souveraines, le roi et la reine des Belges, des Pays-Bas, du Danemark, de Suède, du Luxembourg… Il y avait aussi un nonce apostolique, tout comme les grandes familles du monde : le comte et la comtesse de Paris, le duc et la duchesse d'Anjou, Son Altesse Impériale le prince Napoléon, l'ex-impératrice Farah Pahlavi… jusqu'au prince de Bahreïn. Sans oublier bien sûr les trente-deux chefs d'État, dont le président français Nicolas Sarkozy.

Il fallait faire entrer tout ce grand monde dans la cour du palais sans laisser voir les coulisses (souvent plus étendues que l'espace scénique, avec en moyenne un employé pour un invité), la cérémonie étant retransmise en mondovision. Il avait été décidé d'accueillir les invités par ordre protocolaire inverse – les plus importants en dernier. Le *dress code* était on ne peut plus formel : jaquette, ou uniforme pour les hommes, chapeau pour les dames. Nous avions transformé la cour du palais princier en immense chapelle, afin que Mgr Bernard Barsi, archevêque de Monaco, guidé par une oreillette comme sur un plateau de télévision, puisse officier. Nous avions redessiné le lieu, braqué des projecteurs sur les deux rampes d'honneur en marbre, et installé des caméras dans de fausses colonnes peintes. La cour du palais avait été recouverte d'un velum, pour l'abriter du soleil. Bien évidemment, nous avions répété trois jours auparavant, réglant les placements, l'orchestre et les mouvements de la traîne de la princesse.

La bague de fiançailles, un anneau en or blanc serti d'un immense diamant central, de la maison de joaillerie italienne Repossi, s'appelait « Thétys », du nom d'une divinité grecque marine nourricière. Le ténor Andrea Bocelli a chanté l'*Ave Maria* devant un public conquis, de Karl Lagerfeld à Giorgio Armani, de Naomi Campbell à Inès de la Fressange, en passant par les Arnault. Les mariés ont ensuite rejoint une limousine décapotable devant la caserne des Carabiniers, l'équivalent de notre Garde républicaine, en passant sous les lancers de pétales de roses des Monégasques qui avaient suivi le mariage religieux depuis la place du Palais, en tenue de ville. La mariée a été offrir son bouquet à la Sainte-Dévote, la larme à l'œil, dans la chapelle qui lui est dédiée, en bas du Rocher.

Stéphane Bern qui commentait les festivités avec Marie Drucker nous a piégées lorsque nous sommes arrivées avec Anne sur la terrasse du dîner. Nous étions suffoquées par la chaleur et le stress, et nous avons dû lui lire le menu, puis lui ouvrir un temps les coulisses du dîner qui devait avoir lieu sur une terrasse montée de toutes pièces par les équipes de François Marcadé, devant l'Opéra de Monaco. C'était là notre coup d'éclat. Céline s'y est affairée toute la journée. Au milieu de l'après-midi, un envol mystérieux des bristols de table l'a obligée à redoubler d'efforts : il fallait retrouver ceux qui étaient égarés, les replacer correctement, et le cas échéant, en faire calligraphier de nouveaux en urgence.

Au moment du dîner, les convives en tenue de soirée et uniforme ont emprunté l'escalier menant sur la terrasse éphémère de l'Opéra, il fallait les conduire, les guider, ce qui était une angoisse permanente. Pendant ce temps, les invités placés à la table d'honneur étaient attendus à l'Hôtel de Paris où ils ont été positionnés en un cortège tenant compte de leur placement à table grâce à un système de pastilles au sol, comme dans une cour d'école. « Vous voyez, on a bien respecté », s'exclamaient les princesses Caroline et Stéphanie, le sourire aux lèvres.

Le dîner a été béni juste avant le discours du prince. La lignée monégasque ainsi que les familles régnantes étaient installées à une table en T. Les héritiers de certains royaumes remplaçaient les souverains : le prince Edward, comte de Wessex, représentait la couronne britannique, le prince et la princesse d'Orange la reine Beatrix des Pays-Bas. La barre horizontale du T, plus courte, comprenait les mariés. Tout autour, c'était une valse de tables rondes. Les nappes blanches, issues des lingeries du palais, étaient recouvertes d'objets de collection du prince, des caravelles et des poissons décoratifs en argent, des objets de la mer que le prince nous avait autorisés à utiliser, pour donner l'impression d'être « comme à la maison ». Des bouquets de fleurs de protéas, arbuste emblématique de l'Afrique du Sud, ainsi que des vagues d'hortensias bleus garnissaient les tables. Le menu proposé par Alain Ducasse fleurait bon la cuisine méditerranéenne, avec un barbagiuan en entrée (de petits raviolis niçois farcis aux légumes verts et au parmesan), du mulet dorin à la tomate, un petit épeautre au pistou d'herbes et des poissons locaux. Le gâteau des mariés, d'un mètre et demi de diamètre et de deux mètres cinquante de hauteur, était à la vanille et à la groseille, arrosé d'un château d'yquem.

Le feu d'artifice a été tiré depuis les terrasses du casino en direction de la mer. Les gens ont commencé à se lever pour se rendre dans la grande salle de l'Opéra. La princesse Caroline m'a alors serrée si fort dans ses bras que j'ai compris que tout s'était déroulé comme prévu. À ce stade de la soirée, nous respirions déjà un peu mieux. Cinq cents invités ont ensuite foulé le plancher artificiel qui recouvrait les fauteuils du parterre. Un bal festif, certes, mais assez solennel (difficile de danser en diadème ou avec ses décorations). S'est ensuivi un moment boîte de nuit au cœur de l'Opéra : *open bar*, « spaghettade », café-croissants pour les plus audacieux.

Le brunch de départ a eu lieu dans les jardins du Palais, en tenue décontractée, mais ce n'est pas nous qui l'avons organisé. J'ai passé ce moment dominical assise, exténuée au point de ne plus pouvoir me lever. Le lundi 4 juillet en fin de journée, une réception a été donnée au Palais afin de remercier tous les personnels, à laquelle je n'ai pas assisté, car nous devions nous occuper du défilé Dior (notre carnet de commandes est parfois sans pitié). Le soir même, les Sérénissimes sont parties en voyage de noces en Afrique du Sud, la patrie de la nouvelle princesse. J'ai été très heureuse et honorée d'être décorée de l'ordre des Grimaldi, plus tard dans l'année, durant la fête nationale du prince le 19 novembre.

S'ils sont moins solennels, les anniversaires n'en sont pas moins stressants à organiser. Quand ils prennent la forme d'un week-end de festivités, cela requiert autant de travail qu'un mariage. Les dix-huit ans, anniversaire symbolique du passage à l'âge adulte, sont souvent des fêtes endiablées. Chaque nouvelle décennie mérite toutefois d'être célébrée. Carlo et Polissena Perrone ont eu la charmante idée d'organiser les soixante-dix ans de Jacques Grange à l'Ermitage de Pompadour, près de Fontainebleau. Cette maison carrée du XVIIIe siècle, proche du fameux château où nous avons organisé les bals Poison et Dune, a été construite par Louis XV pour sa maîtresse. La façade est certes classique, mais elle ouvre sur d'immenses jardins, avec des fontaines. Au début de sa carrière, Jacques a fréquenté Marie-Laure de Noailles, illustre mécène amie de Dalí, de Cocteau, de Buñuel. Sa mère Marie-Thérèse de Chévigné, descendante du marquis de Sade, serait un autre modèle d'Oriane de Guermantes du roman de Proust, que la vicomtesse de Noailles a rencontré à l'un des bals d'Étienne de Beaumont. Son petit-fils Carlo Perrone a hérité du pavillon et nous l'avons aidé à organiser l'anniversaire de Jacques, en présence de la princesse de Hanovre, d'Isabelle Adjani, de Terry de Gunzburg, de Sylvie Vartan, et de bien d'autres. Nous avions donné aux festivités un côté campagne, grâce à des chaises de jardin, de jolies nappes, et un grand buffet. Au moment du déjeuner, nous sommes passés entre les gouttes. Mais la veille, cela a été le branle-bas de combat. Il a plu sans discontinuer, en plein mois de juin. Il a fallu trouver des tentes adaptables, des radiateurs pour chauffer, difficiles à dénicher quand tout Paris en cherchait. Mais rien n'était trop beau pour célébrer une de mes plus grandes amitiés.

Il est toujours difficile pour moi de céder totalement à la fête quand j'en tiens les rênes. Les anniversaires des Poissons, donnés par Karl Lagerfeld, n'avaient rien à envier aux divertissements du Roi-Soleil. Selon le thème, chaque courtisan tenait un rôle autour d'une table en croissant de lune, pour une soixantaine de couverts, recouverte de chandeliers peints. Lors des Plaisirs de l'Île enchantée, les danseurs incarnaient par exemple les signes du zodiaque. Karl avait décidé de fêter les Poissons au début du mois de mars, au moyen d'un dîner privé, donné deux années de suite dans son hôtel particulier rue de l'Université. La salle était remplie de Poissons ! Bernard Arnault, le prince de Hanovre, Pierre Passebon, feu Ingrid Sischy, Hugues Gall, Bethy Lagardère, Anne Roustang et moi-même. Au milieu de la table, il y avait un énorme poisson, sculpture en fonte que Karl avait chinée je ne sais où, entourée de fleurs nombreuses. Tout autour, la table dessinait un grand carré autour duquel nous nous faisions face, tous les trente, dont deux premières dames. Sept gâteaux avaient fait une apparition simultanée, munis chacun d'une seule bougie. J'étais heureuse de célébrer mon anniversaire avec tous ces amis, mais j'ai été une très mauvaise voisine. Je n'arrive jamais à oublier que j'organise, je trouve que les choses ne vont pas assez vite, qu'un invité a été mal servi. Quand j'observe les gens, j'ai peur qu'ils ne soient pas heureux. Les pensées les plus sombres me passent par la tête. Bernard Arnault avait avoué avoir été bluffé (ce qui n'est pas commun). Je garde encore des albums de ces moments joyeux, j'y ai collé les photos, menus, petits papiers que Karl griffonnait en ébauchant le décor et les placements. Il avait même dessiné des poissons sur les invitations.

C'est toujours pour moi un honneur de participer aux remises de décoration de mes amis, à celles de Karl, de Ralph Lauren, d'Hugues Gall (qui a reçu son épée d'académicien des Beaux-Arts sur la scène de l'Opéra !). Lorsqu'il s'agit de rubans décernés à l'Élysée ou dans un ministère, tout est réglé par les personnels du palais. Nous n'avons qu'à organiser la suite, parfois au restaurant, ou dans un lieu qui leur ressemble. De grandes dames se proposent souvent de les recevoir : Bernadette Chirac, Jacqueline de Ribes ou

Hélène David-Weill. Après que Caroline de Hanovre a été promue commandeur des Arts et des Lettres au ministère de la Culture, j'avais organisé une réception dans le studio photo de Karl, autour d'une grande table de vingt-huit personnes, présidée par la princesse. Karl lui-même était commandeur de la Légion d'honneur, ce qui l'avait pris par surprise. Une fois que je me rendais au bureau des décorations de l'Élysée pour m'occuper du cas Ralph Lauren, j'ai entamé la conversation avec la responsable, Mme Minot, qui m'a révélé la distinction toute récente du couturier. Je lui ai téléphoné aussitôt en lui demandant s'il était au courant. Il fallait le temps que la missive atteigne l'ambassadeur de France à Monaco via les circuits diplomatiques (Karl a reçu la Légion à titre étranger, dans sa qualité de résident monégasque).

Je suis heureuse d'avoir eu mes moments de récompenses, même si je suis toujours gênée à l'idée d'organiser mes propres événements. Un après-midi que j'étais à l'Élysée, le président Chirac m'a demandé de le suivre dans un grand salon du rez-de-chaussée. Il insistait beaucoup. « Vous allez être nommée officier de l'ordre du Mérite, sans passer par la case chevalier. » J'étais si heureuse, mais au moment d'organiser quelque chose, je n'ai pas réussi à établir de liste d'invités. C'est Hugues Gall qui m'a remis mes insignes d'officier, au cours d'un dîner de cinq personnes en présence de son compagnon Éric Vu-An, et du ministre et Mme Thierry Breton. La Légion d'honneur est venue sous le mandat de Nicolas Sarkozy. J'étais au Maroc, le matin du 1er janvier, lorsque j'ai reçu des coups de fil de mes proches me confirmant que mon nom était inscrit dans le *Journal officiel*. Frédéric Mitterrand, alors ministre de la Culture, avait proposé ma nomination. Jacqueline de Ribes voulait faire un dîner ; Karl voulait faire un dîner. Une fois de plus, j'étais incapable de choisir : allais-je inviter mes collègues ? Mes amis ? Je me suis résolue à recevoir le ruban en tête à tête, des mains d'Hugues Gall.

Il me semble parfois que j'ai vécu plusieurs vies par procuration. J'ai accompagné mes clients dans les tourbillons d'émotions qui caractérisent ces célébrations si particulières, en engageant chaque fois de ma personne. Je ne revivrai certes jamais un second mariage princier, mais je suis reconnaissante d'avoir pu organiser autant de cérémonies. Les décorations, parce qu'elles m'étaient dédiées, je les ai vécues pleinement, mais j'ai été chaque fois incapable d'organiser quelque chose pour moi-même. Par déformation professionnelle, je me vois parfois régler mon propre enterrement : la messe à Saint-François-de-Sales (le lieu de ma première communion), les faire-part bien présentés, l'annonce nécrologique pour *Le Figaro*, le programme musical de la cérémonie, un petit mot par je ne sais qui.

L'enterrement est peut-être le moment le plus délicat à organiser, en ce qu'il touche au recueillement intime. À la mort d'un proche, les gens perdent souvent leurs moyens, et contrairement aux autres cérémonies, il nous faut réagir vite. Nous sommes aidés par la maison Henri de Borniol, une société de pompes funèbres : ils placent les gens, tandis nous nous occupons de l'affectif. La cérémonie religieuse est toujours la même, même si le livret de messe est peu connu des gens. Il faut composer un rituel ordonné avec un chant d'entrée, une homélie, un Kyrie, un Hallelujah, sans oublier d'y inclure les lectures de textes religieux. L'écoute et la sensibilité aux détails permettent d'organiser les obsèques les plus fidèles à l'esprit de la personne. Après l'église, les gens suivent le cortège jusqu'au cimetière. Les plus beaux enterrements sont ceux où nous arrivons à créer les conditions d'un « vin de départ » spontané, où les gens se réunissent et partagent des souvenirs positifs de la personne. Lorsqu'il s'agit d'un défunt qui nous est cher, comme Philippine de Rothschild, la tâche est plus ardue, car nous sommes touchés de perdre une proche amie. Fort heureusement, des moments salutaires de libération comique émergent toujours de la tragédie.

8

Leurs Altesses

Je ne saurais dire quelle chanson Sylvie Vartan avait interprétée juste avant l'entracte de sa première au Palais des congrès, en 1975. J'étais seulement ravie qu'on m'ait confié ce dossier au casting prestigieux. Trois altesses étaient des nôtres : le prince Rainier de Monaco, la princesse Grace, ainsi que leur fille, la princesse Caroline. Pendant que le public sortait s'aérer avant la reprise, je suis allée discuter avec le directeur de la maison de disques au fond de la salle. Les Sérénissimes, elles, restaient vissées à leur siège. Je trouvais cela bien curieux : n'avaient-elles pas envie de se rafraîchir ? De se dégourdir les jambes ? La situation était trop étrange pour être vraie. Je les voyais regarder autour d'elles, dans l'attente de quelque chose. Ce n'est que plus tard, alors que je discutais avec mes collègues du bureau de Georges Cravenne où je venais d'entrer, que je compris mon erreur. Le protocole veut qu'on offre aux familles régnantes la possibilité de se retirer dans un endroit privé, souvent un salon d'honneur. Voilà pourquoi elles n'avaient pas bougé ! Ce petit impair diplomatique n'avait pas été signalé, mais je m'en suis voulu, au point de devenir une obsédée du petit salon. Les personnalités de ce rang jouissent d'un traitement différent. Il faut toujours déterminer qui les reçoit et dans quelles conditions (on leur envoie souvent la Garde républicaine). Chacun de leurs mouvements, déterminés à l'avance et même répétés, demande une attention particulière. Dans le cas d'un spectacle, les altesses doivent entrer au dernier moment, se retirer à l'entracte, et sortir de la salle en premier. Un grand prince d'une famille régnante se plaint toujours que les toilettes des lieux où il est reçu sentent la peinture. Il est bien le seul à s'en étonner : cela est inscrit sur la fiche technique envoyée pour préparer sa venue.

Les princes et princesses ne sont pas des personnalités comme les autres, ainsi que le jeune Marcel Proust aimait à le dire : « Je discernai l'espèce de la bête. C'était une Altesse. » Que serait la *Recherche* sans ses princesses ? Celle de Guermantes, celle des Laumes (Oriane, ensuite duchesse de Guermantes), celle de Parme… Lors de son séjour estival au Grand-Hôtel de Balbec, le narrateur rencontre la princesse de Luxembourg. « C'était ma première altesse, je dis la première, car la princesse Mathilde n'était pas altesse du tout de façons. » Ce qui n'est pas étonnant, puisqu'elle était une altesse impériale, titre créé en France au XIXe siècle. Il y a plusieurs types d'altesses : celles qui règnent sur un territoire, les Altesses Royales (abrégées S.A.R pour « Son Altesse Royale »), comme au Royaume-Uni, et les Impériales (S.A.I). Les Habsbourg cumulaient Impériale et Royale (S.A.I.R.). Le titre d'Altesse Sérénissime (S.A.S) est un héritage du Saint-Empire romain germanique, on le donnait aux princes électeurs allemands. Il a ensuite été offert à une multitude de familles, même non souveraines. Les Altesses de Monaco, en charge d'une principauté, portent ce titre. Il y a enfin les Grand-ducales, plus rares, représentées par les descendants du tsar ou les princes et princesses du Luxembourg. Les altesses auraient-elles plus de caractère et de charisme que les majestés ? C'est ce que semblait penser Mme de Villeparisis de la princesse fictive de Luxembourg, inspirée de la princesse de Monaco, Alice Heine, qui recevait de grands auteurs comme Pierre Loti ou Maupassant : « Elle n'est pas comme tant de souveraines ou d'altesses. Elle a une vraie valeur. » Sous le protocole, les altesses sont aussi des personnes.

La première que j'ai eu l'occasion de rencontrer est Ira de Fürstenberg, « *la principessa* », altesse sérénissime aux cinq prénoms, Virginia Carolina Theresa Pancrazia Galdina. Son père, le prince Tassilo von Fürstenberg, appartient à une lignée qui remonte au Saint-Empire romain germanique (en allemand, le « *Fürst* » désigne le rang nobiliaire de prince, le « *Prinz* » étant le fils du roi). Après le démantèlement de l'Empire austro-hongrois, il garde son titre, mais vit désormais sans principauté et presque désargenté. Son charme lui permet de séduire Clara Agnelli, membre de la famille qui détient l'empire Fiat. La jeune fille est envoyée dans un pensionnat anglais, puis à Lausanne où elle apprend le français, avant d'atterrir chez les Cygnets, à Londres. Cette maison des petits cygnes était une école de bonnes manières pour jeunes filles fortunées, fondée en 1945 par Mrs Rennie O'Mahony. Elle y formait de véritables « *ladies* », qui connaissaient les manières de table, s'entraînaient à mener les domestiques, à composer les menus, à arranger les fleurs, à marcher, à converser, à s'habiller, bref à devenir une parfaite châtelaine.

Beaucoup considèrent le protocole comme sec et rétrograde. Pourtant, il témoigne de l'attention qu'on porte à l'autre, à sa culture, et il facilite les réunions. Chaque pays a ses traditions, comme nous l'avons vu en Chine, ou alors au moment de la venue de Bill Clinton au gala de l'AROP. Les services de sécurité américains sont très tatillons, et insistent pour porter leurs armes. Nous devons les ménager en les rassurant. Ces dispositifs passionnants éclairent les relations entre les hommes, et forcent l'ouverture d'esprit. En France, nous ne respectons plus que les protocoles des États et des familles régnantes. Des cellules spéciales au Quai d'Orsay y sont dédiées : il faut connaître les coutumes de chaque pays pour que les invités se sentent bien reçus et appréciés. Le livre du préfet Gandouin, ouvrage de près de cinq cents pages présent dans toutes les ambassades, fait autorité sur la question. Nous sommes souvent amenés à le consulter. Les concertations avec les cabinets et les ambassadeurs sont constantes afin d'éviter les erreurs, et les personnalités prestigieuses sont accueillies dès leur descente de voiture. Peu de bureaux de relations publiques sont capables de traiter ces dossiers. Mon homologue britannique Lady Elizabeth Anson a été jusqu'en 2020 (année de son décès) une grande *party-planner* royale. Elle connaissait les usages à la perfection, étant elle-même une cousine de la reine Elizabeth II, et la fille d'Anne Bowes-Lyon, devenue princesse de Danemark suite à son mariage avec George Valdemar. Elle a créé dès les années 60 une entreprise intitulée Party Planners, grâce à laquelle elle a organisé de grands anniversaires pour les membres de la famille royale.

L'écriture de lettres protocolaires est toujours délicate car il faut y désigner le ou les destinataires de manières différentes selon où on se trouve dans le courrier. En haut, à droite, se situe la réclame qui stipule le destinataire de la lettre avec son adresse (« S.A.S. le Prince Albert de Monaco » ; au pluriel : « Leurs Altesses

Sérénissimes le Prince et la Princesse de Monaco », abrégé « LL. AA. SS. »). La formule d'appel, habituellement « Monsieur », « Madame », « Cher Monsieur », est plus épineuse lorsqu'il s'agit d'une personne importante. On commence par le prédicat, avant d'écrire l'élément personnel (« Altesse, chère Caroline »). Les exceptions sont bien évidemment légion. On ajoutera « Monsieur le » devant « Président », « Duc » et « Ambassadeur ». Un roi deviendra « Sire », la reine « Madame », le prince « Monseigneur ». Dans le corps de la lettre, la manière dont on désigne le destinataire s'appelle le traitement. On choisira la deuxième personne du singulier ou du pluriel, voire dans certains cas la troisième personne : « Sa Majesté », « Son Altesse ». Les pronoms objet seront alors en majuscule (« Son Altesse a daigné encourager le projet que je Lui ai soumis »). Si on s'adresse à des personnalités de l'Église catholique, on utilisera « Sa Sainteté » pour le Pape, « Son Éminence » pour un cardinal, « Son Excellence » pour les archevêques. La formule finale de courtoisie exprime les sentiments personnels en reprenant le titre utilisé pour l'appel (« Veuillez croire, Altesse, chère Caroline, à l'assurance de mon profond respect ») ; ces deux parties seront écrites à la main. L'enveloppe reprend les mentions de la réclame.

Lorsque nous envoyons des mails, ils sont adressés à une secrétaire : « Chère Madame, veuillez transmettre à Son Altesse Sérénissime le Prince Albert la pièce jointe à ce courriel », qui est un courrier manuscrit que nous avons scanné. Parfois, l'usage de la lettre diffère de l'usage de vive voix : on écrit à « Son Excellence Monsieur l'Ambassadeur », mais on s'adresse à lui en disant « Monsieur l'Ambassadeur ». On dira « Monseigneur » au prince de Monaco, mais on écrira « S.A.S. le Prince de Monaco ». Lorsque nous avons un doute, nous consultons le livre du préfet Gandouin, ou le Bottin mondain, qui contient plusieurs chapitres liminaires sur les règles de protocole.

Au palais princier de Monaco, le chambellan est le responsable du protocole des altesses sérénissimes. La princesse Caroline est une altesse double, sérénissime de naissance, et royale par union avec le prince de Hanovre (devenue donc S.A.R.). Sa plus jeune fille, Alexandra de Hanovre, est elle aussi altesse royale, contrairement à ses trois premiers enfants, Andrea, Charlotte et Pierre, nés de son mariage avec Stefano Casiraghi. Nous travaillons chaque année avec la princesse Caroline à l'organisation des Bals de la rose, et ce depuis vingt-six ans. En 1994, j'ai reçu un appel de sa secrétaire : elle souhaitait que nous travaillions ensemble, j'avait été recommandée par Karl Lagerfeld et Jacques Grange. La princesse Caroline m'a toujours impressionnée par son intelligence, son sens de l'humour, son élégance. J'aime son rire communicatif, sa sensibilité, son incroyable mémoire et ses talents de conteuse. À la mort de sa mère, qui organisait les Bals avec André Levasseur, son décorateur et costumier, elle est devenue la présidente de la fondation Princesse Grace créée en 1964. Chaque année, le thème choisi englobe le décor, les menus et un spectacle, donné dans la Salle des Étoiles, dont les places sont vendues au profit de la fondation. Depuis que nous y participons, je suis témoin chaque fois de l'application du protocole : l'arrivée des altesses est minutée, et se fait peu avant le début du dîner, alors que les invités sont déjà placés. On regroupe dans un salon les invités des tables d'honneur que nous faisons entrer juste avant de faire sortir la famille princière pour les photographier. Lorsqu'ils entrent dans la salle par la scène, tout le monde se lève en signe de courtoisie. La tradition est d'offrir aux princesses un bouquet, sans oublier de leur faire la révérence. Le dîner, pour neuf cents personnes, se fait en musique, avant la traditionnelle tombola tirée par Stéphane Bern. Un spectacle de trente à quarante minutes est suivi d'un moment de danse, d'abord avec orchestre, puis avec DJ. Personne ne quitte la piste tant qu'un membre de la famille princière est encore présent ! Cela peut durer parfois jusqu'à 2 heures du matin.

Pour le jubilé des cinquante ans du prince Rainier, nous avons demandé à Karl Lagerfeld d'assurer la direction artistique. Il a souhaité évoquer ces cinq décennies grâce à des chanteuses, Mariane Faithfull, Grace Jones, Line Renaud, Gloria Gaynor ou encore Shirley Bassey. L'année du Bal de la rose Tango, une chanteuse venue d'Argentine, qui avait payé sa place, s'est levée sans prévenir pour interpréter une chanson de Carlos Gardel *a capella*. L'année Cuba a aussi été une de nos réalisations préférées : l'entrée des princes s'est faite à travers une allée bordée de cannes à sucre et de fruits exotiques. Les murs de la Salle des Étoiles avaient été recouverts de façades aux couleurs pastel évoquant La Havane. Le décor de la scène rappelait son mythique Café Taberna. Caraïbes, Bains de Mer, Désert, Pop, Brasil, Movida, Rock'n'roll, Art Déco... Nous avons parcouru le monde et l'histoire de l'art avec ces bals ! Bollywood aurait dû être le thème de 2020, conçu en collaboration avec Christian Louboutin. Pourrons-nous un jour l'exécuter tel que nous l'avons imaginé ?

Je suis très heureuse d'avoir eu le privilège de rencontrer la princesse de Galles. Séparée depuis 1992 du prince Charles, leur divorce n'a été officialisé qu'en 1996, et la princesse a perdu son titre d'altesse royale. Lady Diana a toujours été très respectueuse des usages, même si je conçois aisément quelles ont pu être ses difficultés à se plier à la vie de cour. Je l'ai vue pour la première fois en 1995, à l'occasion d'un dîner que j'organisais pour Bernard Arnault, le soir du vernissage de l'exposition Cézanne au Grand Palais. LVMH avait fait une donation au Great Osmond Hospital, dont elle était la marraine. On connaît la grande sollicitude de la princesse pour les personnes malades, ce qui l'a décidée à nous faire l'honneur de sa présence. Elle a été reçue à l'Élysée par Bernadette Chirac, à l'heure du thé. Elle était habillée d'un élégant tailleur noir, relevé d'un collier de perles à quadruple rang. Elle n'était pas venue les mains vides : elle a offert à la première dame une pendulette à son chiffre. Mme Chirac m'avait demandé de choisir un cadeau à la boutique Dior : je lui ai proposé d'offrir le fameux sac matelassé Dior à anses en demi-lune, qui est devenu en 1996 le célèbre « Lady Dior ». Après le *tea time*, les deux femmes, accompagnées du président, de Claude Pompidou et de Bernard et Hélène Arnault, se sont rendues à une visite exclusive des salles d'exposition, où la princesse s'est fait expliquer les subtilités des baigneuses du maître.

Le dîner avait lieu en face, au Petit Palais, et était donné par Bernard Arnault. Il fallait d'abord passer devant la *receiving line*, cette haie d'accueil permettant de présenter les convives à la princesse. J'étais chargée de cette tâche : « Monsieur l'ambassadeur, permettez-moi de vous présenter Monsieur le duc / le marquis / Son Altesse / monsieur… » est une des formules solennelles que j'utilise fréquemment. Le défilement des invités est minuté, et hiérarchisé selon leur importance. La mise en scène doit être soignée : sur un parvis, dans un salon, les personnes recevant ainsi que leurs invités d'honneur sont disposés en ligne, et les convives leur sont présentés un par un. Le salut qu'on doit à une personnalité dépend de son rang. On fait bien sûr la révérence à une altesse régnante ou à une majesté. Même les femmes de sa famille font une révérence à la reine d'Angleterre. Pas une simple révérence : une révérence à la duchesse, proche de la génuflexion, sans que le genou touche le sol. C'est un exercice délicat, qui s'apprend. Je m'amuse parfois de voir les révérences de cour, que je qualifie de plongeantes. Cela m'a toujours plu d'en faire, à l'école Louise de Bettignies, puis à la danse classique, mais jamais je n'en ai fait d'aussi plongeantes. Je me contente de plier les genoux en dégageant une jambe derrière l'autre. Quoique je sois proche d'elles, je fais toujours la révérence aux altesses monégasques, surtout en public. Même parmi les membres de la famille, on plonge devant les altesses consorts, avant de les embrasser. Les hommes, eux, baissent la tête en signe de respect.

Je supervisais ce soir-là la volée de révérences qui s'est faite devant la princesse de Galles. Elle était très belle, dans une robe Christian Lacroix d'un rouge intense. Son regard était incroyable, il hypnotisait les gens. Tous avaient tenu à assister au dîner : Jean-Luc et

Bethy Lagardère, André et Liliane Bettencourt, Antoine et Francine Bernheim, Claudia Schiffer, Emmanuelle Béart étaient parmi les invités présents. Nous avions transformé le Petit Palais en jardin provençal, avec l'aide de Jacques Grange ; sur un mur, il y avait une gigantesque fresque reproduisant la montagne Sainte-Victoire. Pins, oliviers, orangers en jarres, quelques chaises de jardin, le tout accompagné du chant des cigales. Les tables recouvertes de nappes écossaises dans les tons provençaux étaient décorées de bouquets de mimosa et de coupes de fruits, comme sur les natures mortes de Cézanne. La princesse Diana semblait totalement à l'aise dans ce décor de carte postale française. Personne ne savait alors que ce serait à Paris, en 1997, qu'elle perdrait la vie dans un tragique accident. Ces altesses qui nous font tant rêver s'appartiennent-elles complètement ?

Ne sont-elles pas d'ailleurs une espèce en voie de disparition ? Kate Middleton, duchesse de Cambridge, et princesse par alliance, semble bien partie pour devenir reine consort. Meghan Markle, elle, a perdu son prédicat royal. En son temps, la princesse Margaret n'aurait jamais envisagé d'y renoncer. Charlotte Casiraghi, fille de la princesse Caroline, précise souvent dans ses interviews qu'elle n'est pas princesse. N'en est-elle pas moins influente ? Philosophe de formation, elle a mis le nez très jeune dans l'immense bibliothèque de Karl

Lagerfeld à Biarritz. Elle est aujourd'hui ambassadrice de la maison Chanel, et a créé des rencontres littéraires qu'elle anime rue Cambon.

Qu'en est-il des majestés ? Le protocole impose souvent avec elles plus de distance et de componction. Les seules pour lesquelles nous ayons travaillé directement sont celles de Suède, en 1989, avec un dîner donné à Versailles. Le lendemain, Mme Mitterrand nous avait accompagnés pour une visite de l'exposition du musée Jacquemart-André sur la Suède, où seule la reine s'était rendue. J'ai aussi bien connu Farah Pahlavi : bien qu'elle ne soit plus impératrice d'Iran, on continue à s'adresser à elle avec « Majesté ». Férue d'art, de peinture et d'architecture, elle reste un recours pour les Iraniens de la diaspora, ainsi qu'une personnalité importante et respectée. Elle est d'ailleurs restée très impératrice dans sa tenue, et de grands hommes font appel à elle, comme Frédéric Mitterrand, qui l'a sollicitée pour lui remettre son épée d'académicien. Serait-elle aussi accessible et chaleureuse si son statut impérial était resté tel quel ?

9

Hauts lieux

C'est à l'Hôtel de Ville que j'ai rencontré Bernadette Chirac (son époux était alors maire de Paris), tandis que j'aidais Claude Pompidou à organiser, au profit de sa fondation, la première du *Dernier Empereur*. Notre bonne entente a été immédiate. Beaucoup voient en Bernadette Chirac une femme austère ; je peux vous dire qu'elle a toujours été très chaleureuse avec moi. La courtoisie est chez elle une qualité innée, la marque de son éducation distinguée. Elle a fait la rencontre de Jacques Chirac lors de ses études à Sciences-Po Paris. Son père, Jean-Louis Chodron de Courcel, a d'abord refusé l'union de sa fille avec un homme d'un milieu différent. Cela ne l'a pas empêchée d'écouter son cœur, allant jusqu'à abandonner ses études pour aider son mari dans sa carrière. Elle se passionnait pour les arts : plus de vingt ans après la fin de ses études, elle s'est même inscrite à la Sorbonne pour suivre une licence d'archéologie. Elle ne manquait jamais une exposition, un opéra, un concert (nous sommes allées jusqu'à Moscou, après 2007, pour entendre Vladimir Spivakov diriger des symphonies russes. Je me souviens que le protocole nous l'avait enlevée pour la conduire dans la loge de Mme Poutine. Valérie Breton, Doris Brynner, veuve de l'acteur Yul, et moi-même avions été désolées d'être privées de celle avec qui nous étions venues. Mme Eltsine m'avait gentiment dit qu'à son époque, cela ne se serait pas passé ainsi). Bernadette Chirac pouvait être difficile parfois, quand la fatigue la rendait soucieuse et irritable. Mais elle ne perdait jamais son grand sens de l'humour et aimait plus que tout le travail bien fait – toutes ses missions lui tenaient à cœur (elle est la seule première dame à avoir endossé un mandat d'élue du peuple). Au fur et à mesure de nos collaborations, Bernadette Chirac a appris à nous faire confiance, à Anne et à moi. Nous sommes devenues si dépendantes les unes des autres, qu'elle m'a offert mon premier téléphone portable, à l'hiver 1994. Elle me remerciait d'avoir organisé un concert à l'Hôtel de Ville pour l'association du Pont-Neuf œuvrant aux bonnes relations entre la France et les pays de l'Est (Rostropovitch avait joué au cours de la soirée). Dans cette lettre pleine de suggestions, elle concluait en affirmant que 1995 nous réserverait de plus grands moments encore, comme si elle entrevoyait déjà l'arrivée de son mari à l'Élysée, et qu'elle allait avoir besoin de nous pour cette prochaine étape.

L'hôtel particulier qui a servi de fondation au palais de l'Élysée a été construit à l'initiative du comte d'Évreux, au moment de la régence de Philippe d'Orléans. Paris redevenait alors la ville des fêtes, la Cour s'étant retirée de Versailles à la mort du Roi-Soleil. Louis XV rachète la demeure pour l'offrir à sa maîtresse, la marquise de Pompadour. C'est après la Révolution française que le beau-frère de Napoléon fait du palais une résidence princière, celle du maréchal Joachim Murat. Il devient par la suite résidence impériale, puis présidentielle au moment de la IIe République. Petit à petit, l'Élysée a pris la place des Tuileries comme lieu principal de gouvernance. Chacun des régimes du XIXe siècle y a apporté son lot de travaux et d'améliorations. Sous la IIIe République, en 1879, le palais devient officiellement le lieu de résidence des présidents de la République, ainsi que leur bureau, situé au 55, rue du Faubourg Saint-Honoré, dans le VIIIe arrondissement. Cet édifice caméléon est le témoin de notre histoire moderne.

Bernadette Chirac trouve à son arrivée un palais quelque peu désorganisé. Danielle Mitterrand, qui préférait vivre rue de Bièvre, avait laissé les lieux sans vraie maîtresse de maison pendant quatorze ans. C'était inconcevable pour sa nouvelle pensionnaire, qui s'est très vite attelée à leur redonner leur éclat. Pour l'avoir arpenté dans les grandes longueurs, je dois dire que l'Élysée est un lieu qui regorge d'endroits magnifiques.

Tous les salons ont leur charme, le bleu, le salon des ambassadeurs, sans oublier le salon Pompadour où ont lieu les dîners privés. Bernadette Chirac voulait en faire le « reflet de l'art de vivre à la française ». Les nappes d'apparat, l'argenterie, la verrerie, les services de Sèvres d'un bleu profond, recouverts de fleurs, d'oiseaux et d'étoiles… Les réceptions d'État se tenaient dans la salle des fêtes de l'aile ouest, ou alors dans son prolongement, sous la verrière du jardin d'hiver. Pour les dîners officiels, elle a réinstauré la grande table en U où les invités sont à la même table. L'usage actuel, moins majestueux, est d'entourer la table d'honneur de tables de dix personnes. Afin de recevoir dans les meilleures conditions, la première dame a même fait refaire les « toilettes des reines », un boudoir avec miroirs et coiffeuses, où les personnalités féminines pouvaient se repoudrer.

Peu de personnes extérieures au palais – nous n'avons jamais été employées par l'Élysée, nous y venions ou bénévolement ou rémunérés par les mécènes des soirées – y ont eu un accès aussi exclusif qu'Anne et moi. J'ai parcouru toutes les salles, de la cave au grenier. J'ai pu découvrir la richesse de cette grande maison française et de ses trésors : l'artisanat des lingères, les réserves de belles vaisselles, le grand argentier qui a la charge des pièces d'orfèvrerie et de cristallerie, les fleuristes, la cave… J'aime me remémorer les après-dîners, quand Bernadette Chirac accompagnait son mari jusqu'à sa chambre, et qu'elle nous envoyait un garde républicain pour nous dire qu'elle allait revenir. Nous passions en revue la soirée, ses réussites, ses moments comiques, et nous refaisions le monde. Au beau milieu de la nuit, nous retraversions seules la cour vide de l'Élysée avec notre matériel de placement pour rejoindre notre voiture.

Les soixante-dix ans de Mstislav Rostropovitch nous ont longtemps occupées. Ce n'était pas à proprement parler une réception d'État, mais « quelque chose de Bernadette Chirac » (entendez, au profit de la fondation AP-HP, Assistance Publique – Hôpitaux de Paris), comme le disaient les chefs de protocole, qui nous ont très vite laissées nous débrouiller seules. « Il est fou, notre Slava », disait souvent Anne, qu'il avait renommée Anichka. Fou, peut-être, il était en tout cas très déterminé. Un beau jour de 1996, Yvette « Ivetchka » Vatelot, la femme du luthier Étienne Vatelot, ami intime de Rostropovitch et cousin d'Anne, est venue nous faire part dans le bureau de Bernadette Chirac du désir du violoncelliste de fêter ses soixante-dix ans entouré de ses plus proches amis. La première dame, une amie du couple, avait proposé d'organiser ce dîner à l'Élysée. La femme du violoncelliste nous a tendu un petit papier à moitié froissé, recouvert de pattes de mouche. « Sophie »,

« Béatrice », « Charles », « Irène », « Rainier »... Que voulait dire ce charabia ? Sophie d'Espagne, Beatrix des Pays-Bas, Charles d'Angleterre, la princesse Irène, le prince de Monaco, évidemment. Au dos, « Iouri » (Bachmet, altiste), « Vladimir » Spivakov, « Elton » John... C'était une partie de la liste des invités que Slava souhaitait que nous contactions pour son anniversaire du 27 mars 1997. Rois, reines, officiels, artistes, tous ont répondu présents ! Même la fille de Boris Eltsine ainsi que le président d'Azerbaïdjan, Heydar Aliyev, étaient conviés, comme Slava était né à Bakou. Sans l'aide du Quai d'Orsay (toutes ces personnalités étaient en France à titre privé), nous avons résolu ensemble plusieurs casse-tête, notamment celui des placements. La situation était particulièrement tendue lors des réunions de sécurité au Palais : y avait-il jamais eu autant de reines et de princes à l'Élysée pour un anniversaire privé ? C'était notre première organisation à haut risque, et on nous avait bien fait comprendre que nous en étions totalement responsables.

La soirée commença au théâtre des Champs-Élysées, avec un concert en hommage au maestro. Les invités étaient accueillis dans le hall, puis acheminés à leur place. Le programme, éclectique, retraçait l'histoire de la musique pour violoncelle. La « fanfare de Slava », le London Symphony Opera et l'Orchestre National de France se partageaient l'affiche, Seiji Ozawa était l'un des chefs présents. Hélène Mercier-Arnault devait jouer au piano le Triple Concerto de Beethoven, avec Semyon Bychkov. Maxime Vengerov, un solo de violon. Un chœur constitué des petits-enfants de Slava reprenait des chants russes ; Elton John s'est même piqué d'un joyeux anniversaire en français. Pendant le spectacle, j'officiais dans la loge d'honneur : les reines d'Espagne et des Pays-Bas, le prince Charles, le prince Rainier et sa fille Caroline… Malgré mon sourire, je ressentais une grande pression, car le plus dur était à venir. Pour déplacer les convives du théâtre jusqu'au palais – les artistes, les officiels ainsi que les VIP étaient invités à un dîner à l'Élysée –, nous avions mis en place un service de bus. Toutes ces personnalités en smoking et robes du soir dans un bus… ! Les transporter par des voitures officielles avait semblé impossible. Il fallait que tout le monde arrive en même temps, dans le salon attenant à la salle des fêtes, pour des raisons de sécurité. La cellule des VO, les Voyages officiels, avait accepté d'affréter deux bus. Une fois à l'Élysée, une *receiving line* constituée de Rostropovitch, de sa femme Galina et du couple Chirac, devait accueillir les invités avant de les laisser s'installer dans la salle des fêtes. Les plus prestigieux d'entre eux étaient trop nombreux pour nous permettre d'utiliser la table en U, que nous avons remplacée par quatre tables principales, présidées respectivement par le président Chirac (avec la princesse de Hanovre), par Rostropovitch et sa femme (en compagnie des deux reines), par Elena et Olga, les deux filles du couple, et enfin par Bernadette Chirac (entourée des princes Charles et Rainier). Les couleurs dominantes étaient le rouge et le doré, en accord avec les décorations de la salle des fêtes et le velours des chaises Napoléon III. À sa manière, le menu racontait l'histoire de la vie de Rostropovitch, mais le tout avait été servi à la française, non à la russe. Le débriefing une fois la soirée terminée avait été long et passionnant : ce mélange inédit de chefs d'État, de royautés et de musiciens avait été un succès. Le lendemain matin, épuisées, nous avons reçu un appel nous indiquant que le maestro souhaitait venir nous voir vers midi au bureau. Il s'est présenté avec un cadeau pour Anne et moi : un petit violoncelle en argent sur un socle en marbre de l'Oural, à la date de l'événement. Bernadette Chirac ainsi que les deux grands mécènes, Bernard Arnault et Jérôme Seydoux, ont reçu le même. Telle était la générosité de Slava.

Les quatre-vingts ans du maître n'ont pas eu lieu à Paris, mais à Moscou. Vladimir Poutine, devenu entretemps président, avait donné un dîner dans un immense salon du Kremlin, impressionnant par sa taille, quoique trop sobre et glacial à mon goût. J'étais en compagnie des Vatelot, qui comme moi étaient déçus qu'il n'y ait pas de concert. Rostropovitch était arrivé soutenu par le président Poutine, visiblement amoindri par l'âge. Il est décédé peu de temps après, juste avant que Jacques Chirac quitte l'Élysée. J'ai eu le grand privilège d'assister à ses obsèques en Russie. J'accompagnais Bernadette Chirac, Hélène Arnault ainsi que Renaud Donnedieu de Vabres, alors ministre de la Culture en charge de représenter la France, à bord de l'Airbus présidentiel. Je suis encore émue lorsque je pense aux funérailles dans la cathédrale du Christ Sauveur, en présence de la veuve de Boris Eltsine, de celle de Soljenitsyne, du président azéri Ilham Aliyev, de la reine Sophie d'Espagne. Quelle émotion de voir une dernière fois notre Slava dans son cercueil ouvert, sous la puissance épurée des chants orthodoxes.

Bernadette Chirac aimait utiliser les différentes résidences de la République. Je n'avais encore jamais mis les pieds au château de Rambouillet, où nous avons organisé un intermède tout à fait exclusif. Certains présidents y ont tenu des événements divers, tel le premier G7 de 1975 sous la présidence de Valéry Giscard d'Estaing. À leur arrivée à l'Élysée, les Chirac ont souhaité donner un dîner au profit de la fondation de Claude Pompidou pour la remercier de ce qu'elle et son défunt mari avaient fait pour le nouveau président alors qu'il était encore au début de sa carrière. Or, celle-ci refusait catégoriquement de retourner à l'Élysée. Le château de Rambouillet était un beau lieu pour un spectacle de danse suivi d'un dîner. François Pinault,

Jean-Luc Lagardère et Bernard Arnault étaient parmi les mécènes. Comme il était impossible de recevoir à l'intérieur de l'édifice du fait du nombre d'invités, nous avons fait installer deux grandes tentes en extérieur, une structure moderne totalement transparente pour le spectacle, et une serre pour le dîner. Anne et moi avons séjourné tout le temps de la préparation au sein du château, non loin de Bernadette Chirac. Il fallait « faire armer le château » (c'est-à-dire apporter le matériel nécessaire pour le mettre en état de fonctionnement), car les Chirac accueillaient d'abord les invités à l'intérieur de la demeure. Le plus important se jouait dehors, avec la création par la compagnie de Maurice Béjart d'un nouveau ballet, « Danse autour du monde », sur une musique de Pierre Boulez, qu'adorait Claude Pompidou. L'acteur américain Gregory Peck, Carole Bouquet (il avait fallu recoudre sa robe dont la fermeture s'était bloquée), Gérard Depardieu, Farah Pahlavi, les danseurs Mikhaïl Baryshnikov et Patrick Dupond étaient parmi les spectateurs. Le souper avait lieu sous une structure inspirée des serres et kiosques du XIXe siècle, en acier vert, à laquelle nous avions attaché des paniers en osier pour créer une atmosphère de partie de campagne, comme dans les tableaux de Renoir. Le président avait insisté pour que la soirée, tenue peu de temps après la dissolution de l'Assemblée, reste confidentielle (il me semble que je suis la première à en parler publiquement).

Organiser une réception en présence d'un président est toujours une opération délicate. Il faut dégager un bureau, ou alors trouver un lieu où disposer les valises des codes militaires, un petit salon pour le médecin, de l'espace pour les conseillers, le staff de presse, les gardes du corps… Les accompagnateurs, avec leur niveau d'autorisation et leur badge, doivent être validés un par un. Au temps où les téléphones portables n'existaient pas, il fallait aussi prévoir l'accès à un combiné. Nous nous contentions alors de faire parvenir un déroulé de l'événement aux équipes de l'Élysée, qui nous le renvoyaient corrigé. Aujourd'hui, les concertations prennent souvent la forme de longues réunions préparatoires avec les conseillers, comme avant l'inauguration du Centre Pompidou-Metz sous la présidence Sarkozy. Mêmes difficultés pour la fondation Louis Vuitton, au bois de Boulogne. François Hollande devait visiter le bâtiment conçu par Frank Gehry et les œuvres du musée avant de prononcer à l'extérieur un discours d'inauguration. Le dîner, auquel le président n'a pas assisté, était organisé dans le grand auditorium qui donne sur la cascade, entourée des colonnes de lumières d'Olafur Eliasson. On accédait à la salle par le haut : tous les sièges avaient été escamotés dans le sol pour l'occasion, le parquet recouvert d'une moquette. La décoration était très sobre, ce qui permettait au kaléidoscope du rideau « Spectrum VIII », pensé par Ellsworth Kelly, de ressortir pleinement. Le casting était prestigieux : le prince Albert de Monaco, la maire de Paris, Anne Hidalgo, la ministre de la Culture, Fleur Pellerin, l'architecte Frank Gehry, mais aussi toute la galaxie mode et art contemporain, Pierre Bergé, Karl Lagerfeld, Nicolas Ghesquière, Jeff Koons, Daniel Buren, des stars du cinéma, Sofia Coppola, Marion Cotillard, de grandes dames de la mode, Anna Wintour, Suzy Menkes… Et bien sûr Jean-Paul Claverie, pour qui cette inauguration marquait le point d'aboutissement d'une longue politique de mécénat culturel auprès de Bernard Arnault. L'organisation n'avait pas été aisée : le bâtiment était nouveau et il fallait s'habituer à son fonctionnement. Nous avions installé les cuisines près des bassins, ce qui avait beaucoup contrarié les pompiers en charge de la sécurité – sans oublier bien sûr les caméras de télévision, qui prenaient beaucoup de place.

Bernadette Chirac m'a fait un jour la surprise de m'inviter à un véritable dîner d'État. Cela faisait déjà quelque temps que je formulais ce souhait, mais je ne m'attendais pas à ce que le dîner soit si unique : c'était la célébration du centenaire de l'Entente cordiale entre la France et le Royaume-Uni, en présence de la reine Élisabeth II d'Angleterre et de son époux le prince Philip. Le lundi 5 avril 2004, j'ai eu le privilège, avec Anne, de vivre ce moment inoubliable. Nous devions d'abord traverser pour la première fois la cour du palais en invitées, foulant le tapis rouge entouré de la haie d'honneur des gardes républicains. Les photographes nous interpellaient, surpris eux aussi de nous trouver là. Un à un, les convives étaient annoncés par l'aboyeur, présentés par le chef de protocole, avant de passer devant la *receiving line* la plus intimidante qui soit. J'avais bien révisé mon protocole anglais : ne pas toucher la reine, ne pas lui parler tant qu'elle ne vous adresse pas la parole, l'appeler une première fois « *Your Majesty* », puis « *Ma'am* » au cas où la conversation se poursuivrait. La révérence était obligatoire pour les femmes. Je saluai d'abord le président Chirac, qui arborait son plus beau sourire. Je garde précieusement cette photo de l'instant où il m'a fait un baise-main, tout courtois qu'il était. Je portais une robe du soir en mousseline noire avec une veste blanche, et des perles à mes oreilles. Venait ensuite le tour de la reine. Tout sur elle étincelait : sa robe blanche, les bracelets autour de ses gants blancs, sa tiare de diamants. Elle m'a tendu la main et m'a souri comme si elle m'avait toujours connue. Je lui ai fait ma plus belle révérence plongeante. Son regard perçant m'a considérée un instant : je n'arrivais pas à croire que la reine me regardait. Il était malheureusement impossible de prolonger ce moment. Encore sous le charme de la reine, je me suis retrouvée devant le duc d'Édimbourg. Anne me suivait de près. « Et moi, vous ne me faites pas la révérence ? », lui a demandé amusée Bernadette Chirac, habillée d'une robe rouge très élégante, avec une seule épaule couverte. Elle n'avait pas perdu son sens de l'humour ! Nous lui avons adressé le bonsoir le plus reconnaissant qui soit.

À l'entrée de la salle des fêtes, les maîtres d'hôtel consultaient les guide-ânes donnés aux invités avant les présentations, indiquant leur placement sur le plan de la table en U. Certains invités nous demandaient où ils étaient placés : nous n'avions pas la réponse, n'étant qu'invitées, ce qui les a surpris ! L'entrée de la reine a fait l'effet d'un feu d'artifice : la salle des fêtes de style pompier, construite en 1889 pour l'Exposition universelle, s'est illuminée avec le reflet des lustres en baccarat sur son diadème. Les rideaux en velours grenat tenus par des pompons habillaient les murs recouverts de tapisseries des Gobelins, de boiseries et de dorures en feuilles d'or. C'était pour moi la salle de bal ultime, celle où j'aurais aimé faire danser mes invités. Sur les tables étaient disposés des chandeliers en argent, des bouquets de roses blanches. J'ai fait peu de cas de mes voisins (des mois plus tard, Serge Lasvignes, devenu président du Centre Pompidou, m'avait dit que nous avions été ensemble à un dîner d'État, et je n'arrivais pas à le remettre !). Je n'avais d'yeux que pour la reine, qui faisait face à un surtout en argent composé d'angelots en mouvement. Assise aux côtés de Jacques Chirac, elle semblait si altière. Après le toast du président, elle avait prononcé son discours en français, d'une voix assurée. L'intégralité du dîner a été servi dans la tradition de l'Élysée, avec les maîtres d'hôtel en gants blancs. Le service était de Sèvres, les couverts en argent, les verres des éditions uniques en cristal de Baccarat, sérigraphiés « RF ». Je consulte encore quelques fois le menu : il était cartonné, avec une cordelière en soie aux couleurs du Royaume-Uni. Sur la première page se trouvait un tableau de Rembrandt, le « Jeune homme tenant une fleur ». Les plats mettaient en avant les terroirs de la France, comme un outil diplomatique pour diffuser notre culture. L'entrée était constituée d'un potage vert onctueux, une crème de brocolis. Chirac adorait les potages, qui lui rappelaient la cuisine de son enfance. On avait ensuite servi un foie gras d'oie à la gelée de Sauternes (le péché mignon de la reine, un passage obligé de chacune de ses venues parisiennes). En plat principal, une caille farcie aux morilles fraîches, déglacées au porto blanc, accompagnée de pommes de terre sarladaises, le tout accompagné de mouton rothschild et de château d'yquem. Pour finir, une part de Chambord, un dessert à base de noisettes sur un biscuit à étage, avec du dom pérignon. Je ne suis pas certaine d'avoir jamais vécu plus grand ravissement.

Karl Lagerfeld a été invité en 2007 à immortaliser pour *Paris Match* les derniers mois de Bernadette Chirac à l'Élysée. Je les accompagnais tandis que

Bernadette posait devant la baie vitrée monumentale de l'entrée, avec les mitaines de Karl. On la voyait retirer ses souvenirs personnels, le violoncelle de marbre en taille réduite que lui avait offert Rostropovitch, la photographie de son petit-fils Martin prise par Bettina Rheims. Mon dernier souvenir avec Bernadette Chirac à l'Élysée date du 17 janvier 2007 : j'étais venue aider bénévolement pour le G8 de l'enfance tenu à la demande de la reine Paola de Belgique, réunissant les reines et femmes de chefs d'État présidentes d'associations, la reine Silvia de Suède, Laura Bush, Lioudmila Poutine, Suzanne Moubarak, l'épouse du président égyptien ainsi que celle de Juan Barroso. J'assistais Bernadette Chirac à l'entrée du Palais pour les présentations officielles. Émues, nous sentions que c'était sûrement notre dernière fois ensemble dans la Cour d'honneur. Un débat ainsi qu'une conférence avaient suivi, autour d'une table arrondie installée le long des fenêtres de la salle des fêtes. Les femmes devaient ensuite déjeuner dans l'un des salons. Le président n'avait pas résisté à l'envie de rejoindre ces dames, dans sa grande galanterie. Il paraissait plus détendu ; une page se tournait.

L'Élysée n'a jamais été aussi vivant qu'au temps de Bernadette Chirac, qui n'a jamais caché y avoir été heureuse (Claude Pompidou disait que c'était la maison du malheur). Nicolas Sarkozy n'y a pas habité en permanence, même si lui et Carla Bruni-Sarkozy y recevaient régulièrement. Je les ai aidés une unique fois à organiser une réception dans le jardin d'hiver, pour la remise de la Légion d'honneur de Karl Lagerfeld. La première dame m'avait demandé de l'aider à établir la liste des invités, et à garantir la surprise. Le mandat de François Hollande a été marqué par une absence presque totale de maîtresse de maison. Brigitte Macron entend aujourd'hui moderniser le palais : les rouges originels de la salle des fêtes ont été remplacés par un blanc écru plus contemporain. Chaque maîtresse de maison a toujours mis sa patte, ce qui est bien naturel. Je déplore que certaines coutumes (la table en U, les chandeliers, les décorations d'apparat) soient en train de disparaître, mais l'Élysée, comme son histoire l'a montré, est un lieu qui s'adapte à son époque.

Versailles reste le lieu fondateur et immuable de l'art de vivre à la française, conçu au XVIIe siècle pour exhiber la puissance du Roi-Soleil. Aujourd'hui encore, la présidence de la République utilise ce lieu pour le Congrès du Parlement réunissant l'Assemblée nationale et le Sénat ou pour honorer ses invités de marque, comme les présidents chinois, russe, ou encore la chancelière allemande. Catherine Pégard, la présidente de l'établissement, et toutes les équipes du château sont en première ligne pour veiller à ce que les événements organisés sur le domaine soient le plus conformes aux volontés du président de la République. Le goût français, la fantaisie dans la régularité, est né à Versailles. Les dîners y étaient des festins interminables. Certains courtisans se demandaient même s'il n'existait pas un système de treuils et de poulies souterrains pour garnir les tables en continu. Les divertissements versaillais ont fondé un modèle de spectacles d'art total, sur des musiques de Lully, des chorégraphies de Pierre Beauchamp, des textes dramatiques de Molière… Ces fêtes à thème me rappellent les bals des Rothschild, les défilés de Karl, les ballets de Béjart, qui y a dansé en 2000 (son pseudonyme renvoie d'ailleurs au nom de la maîtresse de Molière, Madeleine Béjart). Le divertissement versaillais n'était-il pas notre « événement » avant l'heure ? Je réfléchis parfois au titre qui aurait été le mien durant cet âge d'or. Peut-être surintendante des Menus Plaisirs, comme l'illustre Papillon de la Ferté. Quelle drôle d'expression que ces « Menus Plaisirs », à la fois modeste, et indiquant le plus grand hédonisme.

Les invités sortent émerveillés de Versailles. Le château est à même de les surprendre, de leur réserver des moments uniques. Un dîner dans l'intimité du Trianon, un concert à l'Opéra royal, un parterre recouvert de jonquilles (Alain Baraton, jardinier en chef du Domaine national de Versailles, avait réussi le prodige de les faire pousser hors saison)… On s'y sent toujours privilégié. Plusieurs années, nous avons organisé les dîners en l'honneur des artistes contemporains invités à investir les lieux, comme Johanna Vasconselos, ou encore Anish Kapoor. Nous avons eu l'immense honneur d'utiliser la galerie des Glaces lors de la réouverture de l'Opéra royal, en 2009. La restauration de ses marbres, bronzes, peintures, planchers, avait été achevée deux ans plus tôt par la société Vinci. Louis XIV utilisait cette galerie pour les grandes réceptions, celles des ambassadeurs. Le trône était disposé devant le salon de la paix ; il fallait traverser l'ensemble du grand appartement avant de venir s'incliner devant le trône. On raconte que les ambassadeurs de Siam refusaient de se relever, trop impressionnés par tant de munificence. C'est aussi le lieu où le traité de Versailles de 1919 a été signé, une page déterminante de l'histoire européenne.

Les travaux de sécurité effectués au sein de l'Opéra royal ne changeaient que peu l'apparence de la salle elle-même (il s'agissait de la refonte des évacuations et de la mise en sécurité incendie des lieux : les dessous de scène étaient en bois, une forêt entière de roues et de leviers dignes d'un dispositif de bateau, hélas non visible du spectateur). Afin de donner du lustre à l'événement, Jean-Jacques Aillagon, alors président du domaine de Versailles, a eu l'autorisation de l'Élysée de prendre possession de la galerie des Glaces, habituellement réservée aux dîners d'État, et nous en a confié l'organisation. La galerie est centrale, et il est difficile d'y organiser un dîner : on ne peut la bloquer la journée, du fait des visites. Le traiteur doit être installé à l'autre bout du grand appartement, à près de 150 mètres du lieu de service (les cuisines ne peuvent être déployées dans des salles en bois). Tout doit être installé rapidement, puis débarrassé la nuit même pour qu'à 8 heures tapantes, les visites puissent reprendre.

La soirée de gala commençait par un concert à l'Opéra royal. Ce théâtre de cour a été conçu par Louis XIV, mais il n'a vu le jour qu'en 1770, lors du mariage du futur Louis XVI et de Marie-Antoinette de Habsbourg-Lorraine. Avant son apparition, tous les spectacles comme ceux des Plaisirs de l'Île enchantée ou le Grand Divertissement royal étaient donnés dans des salles provisoires installées tantôt au manège de la Grande Écurie, tantôt dans la Cour des princes, tantôt dans les jardins. Il fallait créer des boîtes à spectacle éphémères, comme cela se fait régulièrement aujourd'hui. L'Opéra royal, dans l'aile nord du château, venait donc à point nommé pour offrir à Versailles un lieu à la hauteur de ses fantaisies. Marc Minkowski dirigeait le programme du soir, constitué en hommage à la musique du XVIIIe siècle, avec des pièces de Haydn, de Mozart et de Gluck (le maître de musique de la reine qui a diffusé la musique viennoise en France). Ces airs ont été magistralement interprétés par la soprano Mireille Delunsch, le ténor Richard Croft et le baryton Sir Bryn Terfel. Il fallait aussi donner envie aux auditeurs de revenir écouter les joyaux de la musique baroque : le gala était l'occasion de présenter la nouvelle programmation de l'Opéra royal, devenu Centre français de la musique baroque. Louis XIV faisait venir les meilleurs musiciens de son époque, comme Lully ou Campra, mais à la Révolution française, le patrimoine baroque de notre pays a été quelque peu effacé.

Ils étaient nombreux ce soir-là à assister à cette réouverture d'anthologie : tous les grands mécènes de Versailles bien sûr, mais aussi le Premier ministre François Fillon, le ministre de la Culture Frédéric Mitterrand, plusieurs ambassadeurs, des parlementaires, ainsi que les grands mécènes. Le comte de Paris et le duc d'Anjou étaient parmi nous. Par diplomatie et aussi par élégance, nous accueillons les descendants des rois de France, comme s'ils étaient chez eux. La querelle est toujours vive entre les légitimistes et les orléanistes : le duc d'Anjou, Louis de Bourbon, revendique sa descendance avec Louis XIV, tandis que le comte de Paris fait partie de la branche d'Orléans, représentée par Louis-Philippe Ier, devenu roi des Français avec l'avènement en 1830 de la monarchie de Juillet.

Il faut absolument veiller à les placer au même niveau de préséance, mais éloignés l'un de l'autre. Ces deux familles ont une histoire d'intimité avec le château. Les invités aiment les côtoyer, et savoir qu'ils partagent un moment en leur compagnie.

À leur sortie de l'Opéra, les convives ont traversé la grande galerie de pierres qui rejoint le corps central du château : Louis XIV l'empruntait pour se rendre dans ses grands appartements. Depuis le salon haut de la chapelle et celui d'Hercule, nous avons traversé l'enfilade des appartements de nuit. La galerie des Glaces était garnie de tables de douze couverts. Les nappes vert amande complimentaient les dorures du lieu. Les compositions avaient été élaborées par un mécène qui avait carte blanche. Nous avions validé sa sobre proposition, constituée d'hortensias blancs et d'orchidées. Le soir même, les bouquets étaient d'une grande opulence alors que nous avions demandé à ce qu'ils ne soient pas trop hauts pour que les invités puissent se voir et converser. Le fleuriste s'était laissé déborder par la démesure de Versailles. Ces lieux ne laissent personne indifférent : les artistes perdent parfois la raison en cherchant le point d'équilibre avec l'extravagance du château. Le dîner s'est terminé avec un feu d'artifice spectaculaire, tiré depuis le parterre, que les convives ont observé éblouis depuis les fenêtres de la galerie des Glaces.

Quand je pense que j'ai eu l'espace d'un instant cette galerie à moi toute seule, au moment du coucher de soleil sur le Grand Canal, alors que nous répétions le parcours des invités. Ce sont les moments de ma carrière que je chéris le plus, quand ces lieux magiques nous appartiennent encore. Seule dans la salle des Fêtes de l'Élysée, dans le Metropolitan Museum de New York, dans la Cité interdite de Pékin. Seule face à la Méditerranée, sur la terrasse de l'Opéra de Monte-Carlo. Seule une journée devant la Joconde de Léonard de Vinci, ou devant le portrait de Louis XIV peint par Hyacinthe Rigaud, que je contemplais avec admiration dans les manuels d'histoire de mon enfance.

10

La vie de campagne

La première fois que j'ai débarqué à l'aéroport de Bordeaux-Mérignac, je n'ai pu m'empêcher de me demander si le dîner à la campagne pouvait remplacer le dîner en ville. L'été peut-être, quand la capitale se dépeuple. J'imaginais une partie de campagne à la Renoir, un retour à la nature, des promenades. Une atmosphère de vacances dans le Sud, des plats typiques, des bouquets de plantes et herbes locales, des céramiques rustiques. Durant notre trajet de bus à travers les vignobles, j'ai été saisie par la beauté des paysages, par l'osmose entre le ciel et la nature. Voilà donc le Médoc dont Philippine de Rothschild m'avait tant parlé, ce territoire *in medio aquae*, entre deux eaux, l'Atlantique et la Gironde. Là, peu d'hôtels, surtout des propriétaires de châteaux qui reçoivent chez eux, et qui veulent montrer qu'ils ont vu le monde. Là, de grands domaines à perte de vue, striés par les rangées des vignes. À mon arrivée à Château Mouton Rothschild, j'ai été frappée par l'absence de château. Je ne voyais qu'une grande grille, un fronton et un ensemble de trois grandes maisons, entourées de vignobles, et je me demandais si nous ne nous étions pas trompés de destination. C'était sans compter sur la voix si chaleureuse de Philippine, que j'ai remise aussitôt tandis qu'elle venait à notre rencontre avec son joyeux sourire.

Les grands vins du Bordelais sont élaborés loin de la ville, près de Pauillac, sur la Gironde. Comme chacun sait, la liste des grands crus classés a été établie par un édit signé de la main de Napoléon III, en 1855. Château Lafite, Château Margaux, Château Latour, Château Haut Brion et Château Mouton Rothschild sont les cinq premiers grands crus du côté des rouges, et Château d'Yquem est le premier grand cru du côté des blancs liquoreux. Tous les deux ans, au printemps, un dîner des grands crus classés, en lien avec Vinexpo, est donné dans l'un de ces six domaines. Les invités arrivent en général assez tôt ; quand il fait beau, le dîner a lieu à la tombée du jour. La mise en valeur des vins influe sur le choix du menu : on sert l'entrée, un plat, suivi bien sûr du fromage et du dessert.

Château Mouton Rothschild, acquis par le baron Nathaniel de la branche anglaise de la dynastie, est l'un des cinq premiers grands crus classés. En 1924, le baron Philippe de Rothschild décide d'en faire un vignoble d'importance : il instaure un système de mise en bouteille au château, ce qui lui permet de contrôler l'ensemble de la chaîne de production. Il enrichit alors son offre en lançant Mouton Cadet. Le baron meurt en 1988, laissant une affaire florissante à sa fille Philippine.

Le domaine est constitué d'un ensemble de trois maisons : Petit Mouton, demeure bourgeoise du XIXe siècle, habitée par Philippine, qui le reprend à la mort de son père. Grand Mouton, un bâtiment tout en longueur, comprend les salles de réception. Les enfants, eux, vivent au cœur de Mini Mouton. Au soleil, ces bâtisses éblouissent par leur pierre très claire. Le grand chai, construit en 1926 par Charles Siclis, est une immense galerie blanche de cent mètres de long. L'ancien chai est désormais un musée du Vin dans l'Art, inauguré en 1962 par André Malraux, dont chaque pièce est emplie d'œuvres de toutes époques, des cratères grecs antiques à des objets d'arts décoratifs du XXe siècle, en lien avec les libations.

Philippine de Rothschild a eu une vie remplie d'aventures, et certainement pas la vie linéaire et facile qu'on prêterait à une Rothschild. Son père est parti pour Londres en 1942 rejoindre le général de Gaulle tandis que sa mère, née Chambure d'une famille catholique de province, a été déportée à Ravensbrück en juin 1944. Philippine, elle, a échappé par chance à la déportation

– l'officier allemand venu les arrêter trouvait qu'elle ressemblait à sa propre fille. Elle a longtemps souffert du stigmate attaché à son patronyme, associé au monde de la finance, alors qu'elle est issue d'une branche qui n'exerce pas dans ce domaine. C'est pour cette raison qu'elle a choisi le pseudonyme de Philippine Pascal au moment de sa carrière théâtrale (elle a d'ailleurs intégré la troupe de la Comédie-Française en tant que pensionnaire). Expansive, gourmande, Philippine aimait tout particulièrement jouer les vaudevilles de Labiche. Ce n'est peut-être pas un hasard si elle a épousé Jean-Pierre de Beaumarchais, lointain descendant du dramaturge (après avoir épousé en premières noces le comédien Jacques Sereys). À la mort de son père, elle décide de se consacrer tout entière au domaine familial, et elle s'y installe définitivement. Pour y avoir séjourné plusieurs fois, je peux vous dire qu'on sent immédiatement que les lieux sont habités. J'aimais beaucoup son enthousiasme et sa créativité. Elle était très exigeante, avait parfois ses colères, et ses retards étaient légendaires. Elle était au fond une personne joyeuse, qui vivait de manière accessible, décomplexée. C'est peut-être la maîtresse de maison dont j'ai le plus partagé l'intimité. Nous habitions véritablement auprès d'elle. À notre arrivée à Grand Mouton, la femme de chambre défaisait nos valises. J'admirais les draps brodés, ainsi que les commodités disposées sur le petit bureau, des cartons et cartes postales avec des images de Mouton – il y avait même des timbres. C'était cela son hospitalité, maintenue telle quelle les trois jours de notre présence.

Venue à Mouton pour le lancement européen du nouvel Opus One, un vin élaboré entre le Médoc et la Napa Valley californienne, j'ai été bouleversée par cet apprentissage autour des vignobles : je voyais le lien des propriétaires avec le terroir, leur bonne entente avec les vendangeurs et l'ensemble des équipes, une grande famille célébrée lors de la traditionnelle fête du personnel, le lendemain des grands dîners. Tous les corps de métier – vignerons, menuisiers, lingères... – étaient représentés. Même les fleurs disposées sur les tables venaient des serres. Philippine régnait en souveraine sur ce petit univers. Lorsque nous repartions, elle nous tendait un pique-nique, comprenant une petite bouteille d'un vin rare de Mouton. Bien-être et agrément ; cette maîtresse de maison pensait toujours au bonheur de ses invités, ainsi que de ses employés.

Les dîners officiels avaient quelquefois lieu dans le grand chai, disponible au moment où les vins étaient mis en bouteille. On installait des estrades et des tables rondes pour près de trois cents personnes. C'étaient de vrais événements culturels – on n'en attendait pas moins d'une ancienne actrice parisienne, capable de faire venir Judith Pisar, membre émérite de l'Unesco, ou de soutenir un concert avec Leonard Bernstein.

Philippine recevait aussi pour des déjeuners ou dîners intimes de six, huit, dix personnes, avec beaucoup de goût et d'audace campagnarde. Je me souviens de bougeoirs anciens superbes, de toutes les sortes, et de vaisselles de famille parfois fantaisistes, toutes enregistrées dans un grand livre noir calligraphié, comprenant des dessins de chaque service, même ceux à café et à thé, avec le nombre des pièces. Elle était obsédée par les nappes, qui donnaient selon elle tout son cachet à une table. On avait même réalisé des nappes reprenant toutes les étiquettes de Mouton Rothschild disposées de façon aléatoire, qui servaient en toutes occasions. C'était cela le style « Rothschild campagne », à la fois détendu et raffiné.

Les étiquettes sont une histoire de l'art moderne à elles toutes seules. Lorsqu'il devient maître de son vin grâce à la mise en bouteille sur la propriété, Philippe de Rothschild décide de marquer le coup en demandant à Jean Carlu de dessiner une affiche spéciale. L'idée est reconduite en 1945, et l'écrivain Philippe Julian élabore l'étiquette de « L'Année de la Victoire ». Les amis peintres du baron, Jean Cocteau, Jean Hugo, Marie Laurencin, se relaient dès lors pour perpétuer cette célébration graphique. Tous ont tenu à y figurer : Braque, Dalí, Miró, Chagall, Soulages, Bacon… Jusqu'aux grandes figures de l'art contemporain, César, Arman, Warhol, Keith Haring ou Baselitz. Certains peintres ont même eu l'honneur d'y figurer de manière posthume, comme Kandinski ou Picasso, qui grâce à l'accord de sa fille Paloma et des ayants droit, ont autorisé la reproduction de la fresque « Bacchanales », propriété du musée de Mouton. Un des rêves de Philippine était d'obtenir un dessin du prince Charles. Je m'en étais souvenue lorsque j'avais réglé les placements du gala au palais Garnier en commémoration du centenaire de l'Entente cordiale de 2004. On y donnait *Études* d'Harald Lander ainsi qu'un florilège du chorégraphe britannique Frederick Ashton. Le prince était à la droite de Mme Chirac ; à sa gauche, j'avais placé volontairement la baronne. L'opération a été un succès : le mois suivant, Philippine s'est rendue à Kensington Palace, et elle a obtenu du prince qu'il lui confie une de ses aquarelles. C'est aussi cela la magie des placements.

Son décès en 2014 nous a beaucoup attristés. Elle était peut-être la maîtresse de maison la plus accessible, la plus naturelle que j'aie connue. Les obsèques ont eu lieu sur sa propriété. Le cercueil avait quitté le château familial sur un tracteur « enjambeur », suivi par sa famille et les salariés du domaine vêtus de la tenue de travail bleu roi, caractéristique des vignerons de Mouton. L'office religieux avait lieu dans un hangar de la salle des vendanges, et le Chai vert avait été transformé pour la cérémonie. On tenait absolument à ce que tout soit à sa mesure, et telle qu'elle était

– grandiose. Il nous a fallu retenir notre émotion, nous étions à la fois les organisateurs et des proches en deuil. L'hommage était impressionnant, au milieu des vignes (elle a eu l'élégance de mourir les derniers jours du mois d'août), où elle repose désormais dans une sépulture exceptionnelle. Lorsque je pense à Mouton, je ne peux m'empêcher d'entendre à nouveau le « *Libiamo* » de *La Traviata* revisité par Jean-Pierre de Beaumarchais qu'avait chanté Placido Domingo pour célébrer le 150e anniversaire de l'acquisition du domaine, en juin 2003, au moment des réjouissances de la Fête de la Fleur. Philippine l'avait poursuivi dans toute l'Europe pour le convaincre d'être présent ; une fois sur les terres de Mouton, le ténor avait enchaîné les airs au point de mettre en péril le départ tardif pour l'avion des invités parisiens… Quel bel hommage au vignoble le plus artiste de tous.

L'atmosphère n'est pas tout à fait la même à Château d'Yquem, ce sauternes classé premier cru supérieur. Depuis 1999, le domaine est aux mains de LVMH, tenu non par une famille, mais par une entreprise, représentée par Pierre Lurton, qui n'habite pas le domaine. Un certain esprit de famille s'était emparé des lieux pour le premier mariage très médiatisé de Delphine Arnault, en 2005, à la cathédrale de Bazas, non loin du château. Car il y a bien à Yquem un château, une forteresse Renaissance très bien restaurée. En 2011, nous y avons organisé un dîner des grands crus. Michel Guérard était aux cuisines, et nous avions fait imprimer sur les nappes le décret calligraphié du classement des grands vins. À moins d'y avoir assisté, on se représente mal la dimension spectaculaire de ces événements. Tout dans le cérémonial est fait pour mettre les vin en valeur. Au moment de leur entrée dans la salle, les sommeliers en cortège serpentent jusqu'aux tables des convives, devenues le théâtre des vins. Le son de percussions dramatiques constituées de tonneaux de vin emplissent la grande structure installée dans les vignes face au château.

La chorégraphie sera différente selon la propriété, mais elle est toujours aussi impressionnante. Dans le château à colonnade de Margaux, bâti au début du XIXe siècle – peut-être le plus beau du Bordelais –, aujourd'hui propriété de Corinne Mentzelopoulos, la parade des vins de juin 2015, pour l'inauguration du nouveau chai construit par Norman Foster, a été inoubliable. On entrait par le château, avant de redescendre sur le perron prolongé par des frontispices artificiels, afin de créer une immense salle éphémère. Sur une musique rappelant les « soupers du roi », les sommeliers descendaient les marches du château, au milieu des rosiers. La nappe rappelait la façade et évoquait les toiles de Jouy ; les assiettes de porcelaine étaient d'un blanc immaculé. Sept verres étaient disposés devant chaque convive, sept fois les caisses en bois ont fait retentir leur hymne à la gloire du vin, sept fois les sommeliers ont fait leur entrée avec leurs porte-bouteilles en bois.

Si mes séjours dans le Bordelais n'ont pas été de tout repos, je trouvais la détente que je cherchais à Biarritz, la ville de mes grandes vacances. J'y suis allée une première fois en famille à mes seize ans. Le climat marin, les belles demeures du début du siècle, la grande promenade… J'en ai gardé une image très forte, et j'y suis revenue dès que j'en ai eu l'occasion pour profiter de la Thalasso Miramar de Biarritz, créée en 1964 par le cycliste Louison Bobet, celui-là même qui a inauguré l'Institut de Thalassothérapie où Romy Schneider séjourne dans le film *Trois jours à Quiberon* de 1981. Biarritz est un lieu de villégiature prisé dès le second Empire. Pendant seize ans, le couple impérial s'y est rendu chaque année. L'impératrice Eugénie y a même fait construire ce qu'on nomme aujourd'hui l'hôtel du Palais. Sa salle à manger en rotonde est l'une des plus belles du monde, on y voit le phare et le Rocher de la Vierge. Le roi anglais Édouard VII y passe à la Belle Époque plusieurs de ses vacances. Le futur Édouard VIII, qui abandonne le trône en 1936, a beaucoup fréquenté l'hôtel avec son épouse, l'Américaine Wallis Simpson. Lorsqu'elle est devenue la marraine du spa de l'hôtel Miramar à Biarritz, Ira de Fürstenberg s'est prise d'affection pour la ville, et je me suis occupée avec elle des relations publiques du lieu.

Je séjournais à Biarritz plusieurs fois l'an, au moment des vacances scolaires ou des ponts, d'abord avec Ira. Par peur de passer pour des dilettantes, nous nous étions décidées à trouver un motif professionnel à nos visites – à croire que je ne pouvais pas m'arrêter de travailler trop longtemps. D'où le Bal Windsor, censé faire revivre les années fastes de l'hôtel du Palais. Une exposition de photos des Windsor à Biarritz avait été organisée, en lien avec la mairie. Pierre Celeyron, décorateur des Beaumont du temps des fêtes parisiennes, s'était occupé du décor de la salle de bal, et moi de l'organisation. Trois cents invités réunis au profit de l'Institut Pasteur (la duchesse de Windsor y avait légué ses joyaux) sont venus redonner ses couleurs au Palais. Les deux fils d'Ira étaient là, et la chanteuse Shirley Bassey avait fait une prestation. Au bout de trois éditions, Ira s'est désintéressée de la ville, elle dont la curiosité la portait toujours plus avant, et qui n'aimait pas se répéter.

Je n'ai pas abandonné Biarritz pour autant, où je me rendais aussi avec Paloma Picasso, plusieurs années avant ses lancements de parfum. Elle égayait nos passages à la thalassothérapie d'anecdotes sur la vie de son père. Nous partions régulièrement sur les traces du peintre, cherchant l'emplacement exact des « Baigneuses » sur la plage de Biarritz, ces trois nageuses en maillots d'époque, aux couleurs bariolées. Picasso et Olga Khokhlova, danseuse russe, avaient effectué leur voyage de noces dans la ville, en 1918, et leur âme habitait encore les lieux. Paloma me racontait que son père lui peignait les espadrilles avec lesquelles elle se rendait à l'école. Sa mère, Françoise Gilot, avait compilé ses souvenirs dans *Vivre avec Picasso*, ce qui avait beaucoup froissé Jacqueline Roque, la nouvelle compagne du peintre, qui a pris sa belle-fille en grippe. Paloma n'a même pas eu l'autorisation d'assister à l'enterrement de son père. C'est pourquoi elle chérissait tant ses souvenirs de petite fille : nous refaisions l'itinéraire de l'été 1918, grâce au livre *Picasso à Biarritz*. Nous tournions autour de la Mimoseraie, la maison d'Eugenia Errazuriz, dont Picasso avait repeint les murs de figures mythologiques et de natures mortes.

Plus je découvrais l'histoire de la ville, plus je m'y attachais. En 1997, la même année que Karl Lagerfeld, j'y ai acheté une maison, à dix minutes en voiture de la sienne. Le couturier était tombé amoureux du Pays basque en venant photographier Inès de la Fressange, son père et son frère, dans la villa Arnaga, lieu imaginé par l'écrivain Edmond Rostand, à Cambo-les-Bains. Biarritz est aussi la ville de Coco Chanel, qui y a inauguré sa maison de couture en 1915 (beaucoup de Parisiennes s'étaient réfugiées dans la ville pour fuir les tensions de la Première Guerre mondiale – elles furent séduites par les tenues de la couturière, tout comme les visiteurs des cours d'Espagne et de Russie en villégiature à l'Hôtel du Palais). La demeure néo-basque de Karl, surnommée Elhorria, construite dans les années 30 par le baron de Gunzburg, regorgeait d'endroits où recevoir : la salle à manger intérieure avec ses boiseries, celle extérieure aux hortensias, l'atelier de photos… On a tellement organisé de festivités chez lui que j'étais devenue comme la surintendante des Menus Plaisirs du *Kaiser*. La question ne cesse de revenir dans les conversations : « Comment devient-on l'amie de Karl Lagerfeld ? » J'ai connu tous ces gens par le travail, ce qui n'a rien d'anodin. Les clients me confient l'organisation d'un moment décisif de leur vie : l'espace d'une journée, ils sont obligés de me faire confiance. Ils me font part de leurs inquiétudes, et se livrent à cœur ouvert. J'essaye d'être calme et rassurante, et je dois dire que cela crée souvent un lien indéfectible.

Le monde entier circulait chez Karl : la princesse de Hanovre, Bethy Lagardère, Inès de la Fressange, Kate Moss… Nous organisions ces événements privés pour le seul plaisir de recevoir : tantôt un déjeuner joyeux en plein air, tantôt un dîner estival, tantôt à huit ou dix, tantôt à trente avec toute l'équipe de son studio photo. Karl adorait écrire : je me souviens encore des bruits du fax qui se déclenchait chez moi jusque tard dans la nuit, m'annonçant le programme des « festivités ». Maître Pierre Hebey et sa femme Geneviève, de grands amis de Karl, avaient une ravissante maison à Anglet et recevaient de nombreux artistes, dont le couturier. L'avocat et écrivain qui avait défendu la cause de nombreuses stars du cinéma était aussi un amateur d'art. Ils organisaient à la belle saison de longs déjeuners conviviaux et pleins d'esprit, de dix personnes, à leur table rectangulaire. Nous échangions nos maisons et nos convives : Isabelle Adjani, Jorge Semprún, Mireille Darc, Bernard Pivot, Florence Malraux…

Il n'était pas toujours facile de répondre aux demandes de Karl. Il lui fallait un nombreux personnel, géré par un maître d'hôtel à demeure qui le connaissait par cœur, lui qui ne buvait que du Pepsi max, et maniait l'art de faire attendre les gens. L'été à la campagne, il vivait sans horaires, se présentant à 22 heures pour un *tea time*, ou buvant une unique tasse de thé au moment de l'apéritif. Il avait tant de services différents, des Meissen, de la porcelaine anglaise, des services basques, de l'argenterie, même des contemporains, toujours associés à son inégalable trousseau. On changeait constamment de styles et de salles à manger, et même de lieux le long de la piscine, ou au milieu des massifs d'hortensias. Tout ce qu'il possédait devait servir. J'aurais aimé faire un livre des tables inventées avec

Karl, il a eu tant de périodes : celle jardin à la française sur table, celle neige en sucre glace, passant de l'argenterie au Puiforcat inox… « Il faut se donner les moyens d'être riche », répétait-il souvent. Il se donnait surtout les moyens d'être créatif : recevoir relevait pour lui de l'acte artistique, dans la droite lignée de Louis XIV. Comme lui, il a été hédoniste, austère, indulgent. Malgré toutes ses fantaisies, il est toujours resté fidèle aux poteries de Ciboure, qu'il admirait plus que tout. Ces vaisselles locales, d'inspiration néo-grecque, ont été créées en 1919, passant progressivement de dessins figuratifs à des formes et frises de plus en plus abstraites, à la manière des motifs basques. Karl m'en a offert toute une collection, que je garde précieusement chez moi. Il avait également pris des photographies de détails de corps d'homme entourés de ces poteries, qui n'ont jamais cessé d'inspirer son œil.

À la campagne, il est toujours de bon ton d'utiliser l'artisanat local. On peut dire qu'au Portugal, j'ai été gâtée. Je n'ai découvert ce pays que dans les années 2000, invitée par mes amis Jacques Grange et le galeriste Pierre Passebon. Aussitôt arrivée, j'ai retrouvé les sensations d'enfance éprouvées lors de mes étés sauvageons à l'île d'Yeu ; les avantages de l'Atlantique, avec la chaleur du Portugal. La région de l'Alentejo est magnifique, avec ses immenses dunes à perte de vue, ses rizières et ses forêts de pins. Au sud de Lisbonne et de Setúbal, s'étend la réserve naturelle de l'estuaire du Sado qui court jusqu'à Comporta. On y admire des armées de petits dauphins et de majestueuses cigognes. Carvalhal est un des villages qui composent la bande maritime de Comporta, où la famille Espirito Santo, grande dynastie de banquiers portugais, possédait 12 500 hectares de propriétés agricoles. Jacques Grange a racheté de petites maisons de pêcheurs au sein du village, qu'il a réhabilitées. Il s'agissait à l'origine de maisons en paille d'agriculteurs, comme des cabanes de Robinson. Ces maisonnettes de paille, de chaume et de bois ont été repensées en cabanes améliorées, dans l'esprit du lieu, au milieu de la nature et d'une immense plage – déserte hors de la saison estivale –, qui s'étend sur plus de soixante kilomètres. Beaucoup de célébrités y passent une partie de l'année comme Christian Louboutin, Philippe Starck ou le peintre Anselm Kiefer.

Ma petite maison est située en plein village. Quand les gens y passent, ils s'arrêtent parfois chez moi, autour de midi, puis tout le monde disparaît pour le déjeuner et la plage. Mes amis reviennent souvent après leur passage à la mer : j'ai toujours de quoi recevoir, sucré comme salé. Les déjeuners et dîners se font dans ma cabane en bois, au fond du jardin. Pour le soir, je prépare de vraies invitations. S'il y a bien un endroit où je mets en pratique mes propres conseils, c'est à Comporta, où je suis en vacances, et où j'ai le temps de m'en occuper. J'aime mélanger les gens, toujours en petit comité. Je prépare des tables d'inspiration locale, avec ma collection de céramiques portugaises, ainsi que des objets chinés dans la galerie de Pierre Passebon, le Stork Club, ou chez l'artiste antiquaire José Canudo. Comme la grande table est recouverte d'azulejos, aux dessins géométriques azur, je n'utilise pas de nappe, mais des sets de table en paille, avec du linge en lin. Le service est tout ce qu'il y a de plus convivial : je propose souvent un plat unique (des gratins de morue, « *bacalhau* » en portugais, des poissons locaux comme le bar, le loup, la langouste, ou alors du poulet grillé avec des légumes de potagers d'amis) et nous nous faisons passer les plats ; je laisse ensuite le plat sur une desserte. Ce n'est peut-être pas le grand art de vivre à la française, mais les convives sont tous placés par mes soins (je n'abandonnerais ce travail combinatoire pour rien au monde), et leur nom est peint sur des coquillages avec des dessins – ma signature intime. L'apéritif peut s'étendre, hors des contraintes du timing : on partage dans le jardin de grands pichets de citronnade, agrémentés de gingembre frais et d'herbes du jardin, ainsi que des vins du pays. Le dîner est en revanche donné à l'heure portugaise, 20 h 45, et non à l'heure espagnole.

J'ai l'impression que c'est à Comporta que j'ai le plus profité de ce qui fait le dîner à la campagne, dans toute sa gaité décontractée. Jamais je n'avais autant ressenti le bonheur de « cultiver mon jardin », comme le dit si bien Candide. Dans ce cadre idyllique, épicurien, je mène une vie simple, loin du protocole et de l'étiquette parisienne. J'herborise, j'observe mes lavandes, le chat qui grimpe sur ma pergola recouverte de glycines et de volubilis. Je regarde les plumbagos ramper aux murs. J'y vois quelques fois mon Eldorado loin de l'urbanité, ma respiration hors de la capitale. Lorsque l'annonce du confinement de mai 2020 est tombée, je me trouvais à Comporta pour quelques jours. Je n'avais pas prévu de m'arrêter de travailler, ni de m'y retrouver si longtemps. J'y suis restée près de six mois. Je n'avais que mon téléphone, ma tablette et mon carnet. Tous nos projets ont été annulés, sans report de dates. C'était une première pour nous. Pendant les mouvements sociaux de Mai 68, je n'avais pas réussi à repartir de l'île d'Yeu, et je restais accrochée à la radio, dans le jardin, pour suivre le cours des événements. Le carnet de commandes d'Alain Duchemin s'était vidé d'un seul coup, mais la fin de l'année avait eu vite fait de compenser. Cette fois-ci, les choses sont différentes. Comment continuer à exercer notre métier dès lors qu'on ne peut plus se rencontrer ? À Comporta, j'avais l'esprit libéré du travail, mais empli de questions existentielles qui s'étaient muées en une envahissante chape de plomb. Notre métier ne s'exerce pas à distance. J'ai longuement interrogé les dunes et l'océan, et je me demande toujours si les choses reviendront un jour à la normale. Les gens ont besoin de chaleur humaine et les célébrations privées reprendront vite. Mais voudra-t-on toujours se montrer en public en train de faire la fête ? Comment la philanthropie par le mécénat et les galas va-t-elle se réinventer ? Le modèle des années 80, celui du luxe et de la mode, va-t-il perdurer ? Quels changements dans les mentalités des convives ? Le nombre d'invités va-t-il être drastiquement réduit ? Préférera-t-on l'extérieur à l'intérieur ? La campagne sera-t-elle plus valorisée que la ville ? Cette pandémie rebat les cartes de notre art de vivre, bien heureux celui qui saura sous quelle forme il renaîtra.

11

L'art d'être un convive

« Les manières sont tout. » Voilà un adage essentiel qu'Honoré de Balzac prête à Talleyrand dans un roman dont l'intrigue se noue au cœur du Faubourg Saint-Germain. Né sous l'Ancien Régime, cet homme d'État a survécu aux révolutions politiques du tournant du siècle. Il est nommé ambassadeur de France lors du congrès de Vienne, durant lequel les grandes puissances du continent réorganisent leurs territoires après la défaite de Napoléon Ier. On se pressait dans sa demeure viennoise, connue pour être une des meilleures tables d'Europe. Il y donnait des réceptions de choix, qui ont permis des avancées diplomatiques déterminantes : l'art de la table était mis au service de la négociation civilisée. Le maître de maison menait l'orchestre de sa maison, comme l'ensemble des instrumentistes européens.

Les bonnes manières sont l'héritage des noblesses de cour, marquées par le respect de l'étiquette, en vigueur du règne de François Ier à celui de Louis XVI. La nécessité de contrôler son apparence et ses gestes poussait les courtisans, d'anciens vassaux guerriers, à pacifier leurs conduites et à contrôler leurs émotions. La vie de cour mêlait existence publique et privée : chacun de ses membres était en perpétuelle représentation. Louis XIV se considérait comme le premier gentilhomme de cette société : il était le maître de maison absolu, entretenant par des rentes et des pensions tout le cercle de ses courtisans. Il fallait à tout prix avoir sa faveur, en apparaissant toujours sous son meilleur jour. Chacun était sommé de tenir son rang, « noblesse oblige », et d'avoir des dépenses en accord avec sa place hiérarchique. Le plus important n'était pas d'être riche, mais de représenter une libéralité adéquate. Chaque « Grand » disposait ainsi de son armée de domestiques, même lorsqu'il voyageait. L'intendant administrait les finances de la maison, le maître d'hôtel surveillait les laquais en livrée. La maîtresse de maison n'avait pas une « vie de famille », mais elle défendait l'honneur de sa lignée au moyen de réceptions.

Ces coutumes sont bien différentes des comportements bourgeois du XIXe siècle : si les nobles d'Ancien Régime avaient interdiction d'exercer une activité commerciale, les bourgeois, eux, gagnent de l'argent, épargnent, investissent ; ils disposent d'une sphère privée séparée de leur présence sociale. N'ayant pas reçu les manières en héritage, ils sont en quête de repères, d'où la prolifération de manuels écrits par des aristocrates, comme *Le Savoir-Vivre* de la marquise Louise d'Alq, ou encore celui de la baronne Staffe, pseudonyme de Blanche Soyer, qui publie à la fin du XIXe siècle l'incontournable *Usages du monde : règles du savoir-vivre*, qui paraîtra suranné aux gens de notre siècle. La politesse est selon elle typiquement française : sous chaque mondaine se cache une châtelaine, sous chaque mondain, un preux chevalier. L'ouvrage embrasse l'ensemble des moments de la vie : les cérémonies ainsi que les comportements y sont détaillés, de l'annonce d'une naissance à l'organisation des funérailles. Baptême, missions du parrain et de la marraine, première communion, visites de courtoisie, grands dîners… les prescriptions de la baronne Staffe n'oublient rien. On pourrait en rire, mais je constate aujourd'hui que les bonnes manières ont tendance à se perdre, considérées comme désuètes, voire passéistes. Les jeunes gens méconnaissent les usages, ce qui pose problème lorsqu'ils entrent dans les hautes sphères de la société sans y avoir été préparés. Il existe de nos jours des stages et des écoles pour les y aider ! Les grandes familles ne sont pas épargnées : certains descendants me surprennent par leur méconnaissance des codes, ou par leur cynisme. Les manuels n'ont pourtant pas disparu, Nadine de Rothschild en a écrit un récent. Ils sont plus ouverts, voire comiques et décontractés.

Quoi qu'on en dise, la politesse reste nécessaire à la fluidité des relations humaines, et elle est aujourd'hui incontournable pour se faire bien voir. Les convives n'étaient pas si policés durant les années 80… Peut-être avons-nous aussi changé de génération de clientèle.

Bien que les rênes des réceptions d'État soient en général tenues par des hommes – sauf quand la première dame s'y intéresse –, je remarque que les femmes sont celles qui reçoivent le mieux. Il y a eu bien sûr de grands maîtres de maison ; le baron de Redé, Yves Saint Laurent et Pierre Bergé, Jean-Pierre Marcie-Rivière comptent parmi les plus illustres de nos prédécesseurs. Mais à en croire mes figures tutélaires, j'ai parfois l'impression que ce sont les femmes qui sont les véritables gardiennes de l'art de vivre à la française, comme Marie-Hélène de Rothschild, Jacqueline de Ribes ou Maryvonne Pinault. Delphine Arnault, Cordelia de Castellane et Terry de Gunzburg font aujourd'hui partie de la relève : elles possèdent toutes ce goût du soin et l'art de l'anticipation. Hélène David-Weill incarne à merveille ces qualités. Avec son mari Michel David-Weill, ancien président de la banque Lazard, ils forment un couple de mécènes influents. Son savoir-vivre, son éducation, sa rigueur font d'elle une maîtresse de maison remarquable. Elle me rappelle parfois la devise de la reine d'Angleterre, « *never complain, never explain* ». Son raffinement n'est jamais ostentatoire, et, longtemps présidente des musées des Arts Décoratifs, elle a fait confiance à ses équipes, tout en les guidant de manière ferme mais discrète. Grâce à ses relations internationales et le mécénat qu'elle a mis en place, elle a pu mener à bien les travaux du musée et la réalisation de nombreuses expositions.

La bonne maîtresse de maison ne sombre jamais dans la tyrannie, elle ne se met jamais au centre de la réception. J'ai connu des personnes importantes qui se piquaient de recevoir des invités illustres. À la fin du dîner, j'avais la preuve qu'ils ne savaient pas comment s'y prendre. Le président de table se doit de valoriser les invités tour à tour. Ne pas mettre en avant l'invité d'honneur en monopolisant la parole est une faute de goût. Même s'il est le seul à connaître tous les invités, l'hôte doit savoir s'effacer (la maîtresse de maison s'habillera ainsi avec élégance et sobriété, afin de ne pas faire d'ombre aux invitées). Le convive idéal saura suivre les indications du maître : il est en général un bon amphitryon lui-même, à l'aise avec les maîtres d'hôtel, à qui il fait confiance. Il n'aura pas peur de les solliciter, de leur poser des questions. Comme ils le disent souvent, « le maître d'hôtel est sourd et muet » ; aucune raison d'interrompre sa conversation lorsqu'ils entrent dans la pièce. Ils sont aussi là pour le bonheur des invités, à qui ils jouent une pièce de théâtre interactive.

Le bon convive commence par répondre à l'invitation dans les plus brefs délais, qu'il accepte ou refuse, afin d'être de nouveau invité. Pour les dîners officiels, ou les événements caritatifs, il est aisé de refuser, il ne s'agit pas d'une invitation personnelle. Pour les dîners intimes, il faut éviter toute excuse banale ou stéréotypée, qui marquerait le désintérêt. On usera à la limite d'un trait d'esprit. N'en déplaise à Oscar Wilde, selon qui « l'homme vraiment libre est celui qui refuse une invitation à dîner sans donner d'excuse ». Il n'est pas séant de demander qui sera présent à la réception. Le convive se fera une idée par lui-même, ou gardera la surprise. L'hôte ne révélera quelques noms que s'il manque d'arguments pour convaincre un invité de venir (ou si la requête émane d'une personnalité de haut rang). On aura à cœur de ne pas annuler à la dernière minute. Il est du plus mauvais ton de décommander pour une occasion solennelle, comme un mariage. Mais personne n'est à l'abri d'un imprévu : il faut le cas échéant prévenir le plus tôt possible, par une lettre de décommande, ou le jour même par un message.

Le soir venu, la ponctualité est de mise : on n'attendra plus personne après 21 heures, si l'invitation stipule d'arriver à 20 h 45. Il ne faudrait pas mettre en retard les personnes en cuisine et les maîtres d'hôtel, qui suivent le rythme imposé par l'hôte. On ne se présentera pas avec un bouquet de fleurs, qui embarrasserait la maîtresse de maison qui devrait alors s'en occuper. On fait envoyer ses fleurs avant la réception, idéalement le matin. Il ne faut pas non plus venir avec une bouteille de vin : l'hôte les aura déjà choisis en accord avec le menu élaboré. Un cadeau personnel plaira toujours. Le cadeau de courtoisie était autrefois présent dans tous les manuels de savoir-vivre. Il peut prendre la forme d'un objet d'agrément utile, ou à valeur sentimentale : un jeu de cartes, un vase, un carnet d'écriture. Un cadeau réussi plaira à la personne visée, non à son donateur. Plutôt que d'offrir des denrées périssables, comme des chocolats (beaucoup ne les touchent pas), un livre intéressera toujours.

L'invité viendra habillé conformément au *dress code*, et dans de bonnes dispositions : ouverture et curiosité sont nécessaires pour tirer le meilleur de la soirée. On complimente d'abord la personne qui reçoit, après qu'il ou elle vous a dûment présenté à l'assemblée. Je ne saurais dire combien la courtoisie est essentielle. Le respect, la politesse, la gentillesse doivent être les maîtres mots de l'hôte et de ses invités. Un simple sourire peut ouvrir le cœur des gens. Les manières de recevoir et de se comporter en disent long sur la personnalité. Il ne faudrait pas être pris pour ce qu'on n'est pas. On évitera absolument la médisance, cela aigrit, et on passe pour mal élevé. C'est aussi cela le code de l'élégance.

On ne se lèvera pas de table tant qu'on n'y aura pas été invité. Cette règle est de plus en plus difficile à faire respecter aux nouvelles générations. On attendra les consignes du maître : peut-être proposera-t-il à ses convives de changer de place pour le dessert, ce qui se fait de plus en plus. À table aussi, les bonnes manières sont tout. La posture, d'abord. Il ne faut pas être collé à l'assiette, ni trop éloigné. On se tient droit, les mains sur la table, non sur les genoux (les coudes restent le long du buste). La serviette ne saurait être dépliée en entier ; on la laisse pliée en deux sur les genoux. On ne prend sa fourchette qu'une fois que la maîtresse de maison a la sienne en main, et que toute la table a été servie. On s'efforcera de mastiquer sans bruit, la bouche fermée, et de ne pas parler la bouche pleine. Une fois rassasié (sans aspirer la dernière goutte du potage, ni saucer avec son pain), on dépose les couverts à l'intérieur de l'assiette, parallèles, vers la droite, le tranchant du couteau vers le buste. On n'empile pas les assiettes en déposant les restes ensemble, le maître d'hôtel se charge de les débarrasser individuellement. Avant et après avoir bu du vin, on s'essuie les lèvres avec sa serviette, qu'on déposera à gauche de l'assiette, sans la plier, après s'être levé de table.

Ces injonctions sembleront tantôt naturelles, tantôt exigeantes. Tout est affaire de pratique : on distinguera toujours le convive qui sait faire, qui sait se servir à la française, qui sait dire « merci » et « s'il vous plaît », qui sait tenir le tempo du dîner. On reprochera au convive trop bavard d'avoir oublié l'existence de son assiette. Cette personne a-t-elle fini ? Sait-elle comment disposer ses couverts ? Le maître d'hôtel doit toujours savoir quelles sont les intentions de l'invité. Les pauses cigarettes sont des intermèdes malvenus, auxquels il faut renoncer à moins que la maîtresse de maison ne les autorise explicitement. Il fut un temps où on fumait à table, je suis heureuse que cette détestable habitude ait disparu. Dans certaines maisons, les enfants sortent de table pour aller fumer, manque d'éducation trop souvent toléré (c'est un irrespect pour les gens qui travaillent). De la même manière, le dîner demande une pleine attention. Aussi ne sort-on pas son téléphone portable, véritable fléau de notre temps. Nous nous amusons parfois de son statut : faut-il le placer à gauche ou à droite de l'assiette ? Je serais plutôt pour les bannir totalement de la parenthèse de bonheur que constitue la soirée. Il ne saurait être toléré, sauf s'il s'agit d'un déjeuner d'affaires, ou qu'une urgence requiert qu'un invité le garde allumé ; dans ce cas, il en demandera la permission. De plus en plus de convives mettent leur téléphone sur la table sans même s'en rendre compte, dès lors qu'ils s'assoient. Ils oublient que cette table est le décor d'un dîner qui a requis beaucoup de travail. On appréciera toujours les marques de respect et de gratitude. Si le convive souhaite prendre une photo, il trouvera le moment opportun, sans déranger personne, ni le déroulement de la soirée. Il en aura demandé au préalable l'autorisation, et évitera de la publier sur les réseaux sociaux.

La conversation révèle l'amabilité et la civilité de chacun. On sera toujours souriant, le regard vif. À une table longitudinale, on dédiera un temps égal à ses deux voisins, en tournant uniquement la tête. À une table carrée ou ronde de huit personnes, la conversation sera commune, et rendra impossibles les apartés. On évitera de couper la parole ou d'atrophier les échanges en se mettant trop en avant. La baronne Staffe disait qu'« il faut faire intervenir son moi le moins possible, c'est presque toujours un sujet gênant ou ennuyeux pour autrui ». La femme ne devait pas sortir en son temps du cadre limité qui était le sien, ce qui a fort heureusement changé depuis. On ne contredira pas non plus frontalement ; la nuance et le discernement permettent seuls de briller. J'ai coutume de dire qu'il faut savoir écouter, et s'intéresser aux autres, en posant des questions. Lorsqu'on se montre sincère dans ses requêtes, les gens s'ouvrent. Leur langage corporel indiquera s'ils sont importunés. C'est aussi cela l'intelligence du contact humain. Chaque convive a son tempérament, qu'il faut amadouer. Si l'un d'eux se montre timide, il faut trouver un moyen de le désinhiber. On reprochera à un invité de ne pas jouer le jeu de la conversation.

Quant aux trop prolixes, nul besoin de leur poser des questions, ils monologuent. On veillera enfin à ne pas employer des expressions qui signeraient une non-appartenance au milieu des bonnes manières, comme « enchanté » (à remplacer par « très heureux de faire votre connaissance »), « bienvenue chez nous » (« soyez les bienvenus »), « messieurs dames » (« bonjour, mesdames, messieurs »), « santé ! », « merci bien », « de rien » (« je vous en prie »), « au plaisir » (« j'espère avoir le bonheur de vous revoir »), ou encore « bon appétit », qui ne se disent pas.

L'amphitryon aura toujours à cœur d'inviter un ou deux histrions, des gens amusants, ou alors des aventuriers pleins d'anecdotes piquantes. Certains convives sont reconnus pour leur éloquence : Jean d'Ormesson, véritable puits d'histoires, en était l'exemple parfait. Hugues Gall est l'un de ces hommes brillants, tout comme Frédéric Mitterrand, jamais avare de traits d'esprit. L'enjeu du placement est d'arriver à dégeler les timides (il m'arrive de prévenir leurs futurs voisins, « je vous confie tel convive, j'espère que vous vous en occuperez bien »), et à calmer les ardeurs des plus enflammés. Les échanges féconds sont autant d'esquisses de futures conversations, qui se changeront en d'éventuelles collaborations. Emmanuel et Brigitte Macron ont conquis leurs premiers électeurs grâce à leurs dîners, alors que le futur président était encore à Bercy. Karl Lagerfeld m'a appelée un matin pour me dire qu'il avait dîné avec eux. « Vous connaissez les Macron ? » Il avait été ébloui par l'intelligence du ministre, et par la conversation de sa femme. Le couple excellait à ce jeu de construction, un véritable travail d'équipe. Les discussions sont en effet essentielles : programmer de la musique tout au long du dîner revient à affirmer qu'elles n'ont aucune importance.

S'il est un sujet à éviter, c'est bien le travail, qu'il faut laisser au seuil de la salle à manger. On n'entrera pas dans les détails (sauf si on y est invité), on ne demandera pas une consultation à un médecin, ni des conseils à un banquier. Il ne faudrait pas donner l'air d'avancer ses pions, ni d'utiliser les convives. Leur journée de travail est terminée, laissons-les se détendre. On entend souvent dire qu'il ne faut pas parler politique. C'est pourtant un sujet qui anime – tout dépendra du casting de la table. Les thèmes polémiques et glissants, comme la religion, doivent être évités. On ne sait jamais quelles peuvent être les convictions intimes des convives sur les questions de société les plus brûlantes. Le bon maître de maison s'en prémunira en présentant rigoureusement ses convives (les ambassadeurs ont même pour habitude de préparer des fiches pour les chefs de table). Quand un invité unique ne parle pas le français, il faut de temps à autre lui traduire quelques phrases. Cela peut aussi avoir un côté amusant, et rendre la soirée mémorable (lors les dîners d'État, les invités diplomatiques disposent d'un interprète, placé derrière eux, qui traduit leurs propos à leurs voisins). On aurait tort de s'inquiéter : le dîner est une bulle. Les convives civilisés se régulent. C'est aussi cela l'art de vivre à la française.

On ne partira ni trop tôt ni trop tard. Quitter la table avant le dessert, faute d'une excuse valable, paraîtra irrespectueux. De nos jours, les hommes d'affaires veulent se coucher tôt, beaucoup annoncent d'emblée qu'ils partiront à 10 h 30 tapantes. On restera souple : les invités ne sont plus des oisifs comme les nobles d'antan, il faut leur laisser la possibilité de partir (il serait impoli de les retenir en otage), comme celle de rester. Si les convives bâillent, s'entassent dans le vestibule en attendant qu'on les autorise à partir, cela est mauvais signe. D'autres fois, c'est un invité qui ne veut pas partir, ce qui est embêtant (bien que cela montre qu'il est heureux). S'ils vous demandent quand ils auront l'occasion de revenir, alors la partie est gagnée.

Dans les jours qui suivent, il serait tout à fait malvenu de ne pas remercier le ou la maîtresse de maison. On me demande souvent quels sont les meilleurs moyens d'exprimer sa gratitude. J'aime qu'il y ait un signe de remerciements, quelle que soit sa forme. Un petit mot fait plaisir. Les lettres se font encore, mais tendent à disparaître (elles toucheront d'autant plus). On essayera de les personnaliser, en rappelant quelques détails de la réception qui ont été appréciés. Après un séjour en tant qu'invité, à la campagne par exemple, il est de bon ton d'envoyer une lettre de château adressée aux hôtes dès le retour à la maison. On mettra en valeur la qualité de l'accueil, la beauté des lieux. Pour un dîner, l'envoi d'un simple sms se fait de plus en plus. Ce retour personnel paraîtra plus immédiat, moins compliqué, il peut être tout aussi chaleureux. Le coup de téléphone du lendemain est à réserver aux amis proches, ceux avec qui on a à cœur de se rejouer la soirée. Les fleurs s'envoient traditionnellement à la maîtresse de maison le jour de la réception, mais nous en recevons de plus en plus dans les jours qui suivent : plus le bureau est fleuri, plus nous mesurons la réussite de notre soirée.

Ce qui me donne le plus de plaisir, c'est de savoir que j'en ai procuré aux convives. Je suis aux premières loges, certes, mais je représente la partie immergée de la réception. Je n'aurais bien sûr jamais la prétention de croire que je fais tout cela seule. Les coulisses sont remplies de gens méticuleux qui aiment leur métier et le font malgré des contraintes de temps et des pressions immenses. Les prestataires, les artisans, les ouvriers travaillent d'arrache-pied pour assurer le spectacle. J'ai toujours une pensée pour eux. Si nous les considérons bien, l'atmosphère ne peut qu'en être meilleure. Eux aussi sont émus de voir le résultat de leur travail, et peinés d'avoir à abandonner nos réalisations éphémères, ces spectacles à représentation unique, pour lesquels ils se sont tant donnés.

Je conserve toutes les lettres de remerciements qui me sont adressées. Elles me rappellent pourquoi je donne autant de ma personne. Recevoir, c'est offrir un moment de bonheur aux invités, mais cela requiert beaucoup de présence et d'efforts : nous sommes heureux lorsque les gens le perçoivent et le disent, surtout pour nous qui officions « par procuration ». Les personnes qui nous confient leurs événements reçoivent les remerciements : certains convives pensent aussi à nous. Les mots que je préfère lire sont « chaleureux » pour l'atmosphère et « délicieux » pour le repas, mais je me satisfais aussi de tout autre qualificatif élogieux et personnalisé. À la fin de chaque événement, nous avons comme un baby-blues. Après de longs mois d'investissement, parfois affectif, et des moments intenses, j'ai du mal à retrouver le contact avec la réalité. C'est pour cela que je tiens tant à ces lettres. J'en conserve de magnifiquement écrites, comme celle du prince et écrivain Michel de Grèce, reçue quelques jours après le dîner des maharadjahs au Grand Palais. Elle débutait ainsi : « Nous tenons à vous remercier de nous avoir inclus dans cette extraordinaire soirée. » L'exposition des bijoux avait été selon lui une « splendeur ». Mais ce sont surtout les mots qu'il a utilisés pour décrire le dîner qui m'ont émue : « Et puis le souper était un conte de fées, tellement inattendu dans ce cadre immense. Chaque détail était une merveille, le placement si amusant et puis cette opportunité de revoir ou de rencontrer tant d'amis, tant de parents. Nous avons passé une soirée exquise et en même temps unique. C'était une réussite comme Paris n'en connaît plus. » Mon souhait d'offrir à la capitale les plus beaux bals de son temps n'avait-il pas été exaucé ?

TABLE

Cet ouvrage a été imprimé
par CPI Brodard & Taupin
pour le compte des éditions Grasset
à La Flèche (Sarthe)
en septembre 2022

Mise en pages Nord Compo

PAPIER À BASE DE FIBRES CERTIFIÉES

Grasset s'engage pour l'environnement en réduisant l'empreinte carbone de ses livres. Celle de cet exemplaire est de 300 g éq. CO_2
Rendez-vous sur www.grasset-durable.fr

N° d'édition : 22569 – N° d'impression : 3049164
Dépôt légal : octobre 2022
Imprimé en France